Narratori

MARILÙ OLIVA

L'Eneide di Didone

SOLFERINO

SOLFERINO

www.solferinolibri.it

© 2022 RCS MediaGroup S.p.A., Milano
Proprietà letteraria riservata

Published by arrangement with Loredana Rotundo Agency

ISBN 978-88-282-0840-2
Prima edizione: febbraio 2022

L'Eneide di Didone

Non sei obbligata a tacere, a far finta di niente.
A diventare sottile sottile, quasi invisibile.
A stringerti elegante. A non invecchiare. A scintillare.
Ad accettare per paura che.
A rinnegare la solitudine.
A trasformare le grida in cristalli.
A rinunciare. Ai sogni. Alle acrobazie. Alle stelle.
Sono là che ti aspettano, chi ti ostacola lo sa.
C'è un soffio di Didone in tutte noi.

Ci sono segreti che consumano una persona,
altri che la rendono più forte.
CHRISTA WOLF, *Cassandra*

Didone

Rimiro questa nuova terra solleticata da palmizi e fronde che venti gentili fanno ondeggiare. M'incantano i cieli moltiplicati dall'oro del sole e le volte violacee dei tramonti a strapiombo sul mare. Siamo approdati qui in fuga da Tiro: ho riconosciuto la meta al primo sguardo, immaginando all'istante che in questo posto le nuvole non avrebbero mai riposato troppo tempo. Ho riconosciuto simili a me le asperità di questi posti e i contrasti degli orizzonti. Mi sono incantata di fronte alla spiaggia che sfuma nel verde acqua, alla laguna blu cobalto oltre la quale rocce vetuste e un isolotto creano un porto naturale. Ma sopra ogni cosa amo l'altura che non mi stanco mai di calpestare, misurare, vagliare. La ottenni con l'astuzia e già la prima trattativa mi rese leggenda.

Quassù è il mio regno, su un colle trascurato dalle frotte di eserciti nomadi di cui Iarba di Massitania rappresenta ancora oggi il riferimento più illustre. A nessuno interessavano queste zolle macchiate di boschi e radure, nel momento in cui giunsi nelle terre libiche, scortata dalle mie navi fenicie. Fu proprio Iarba, re dei Getuli, a presentarsi davanti a me con l'arroganza del nativo tronfio dei propri possedimenti. Vestiva un abbigliamento berbero composto da strati di stoffa tipica del luogo, alla cintura borchiata d'argento uno spadone che quasi gli toccava il piede.

Rispetto alla marmaglia a cavallo che lo attorniava, spiccava la sua supremazia per un vistoso turbante color zafferano, sotto il quale sbucavano ciocche di capelli bruni e crespi. Notai la pelle dura, iscurita dal deserto, che contraddistingueva lui e gli altri indigeni. Non mostrai alcun segnale di timidezza e glielo lessi in fronte cosa pensò: come è possibile che tante persone abbiano accettato di farsi guidare da una donna così lontano dalla loro patria? Chi si crede di essere, questa straniera che mi parla con voce ferma?

Ci scambiammo poche parole, volle sapere le nostre origini e mi trattò con la supponenza del maschio dominante che si rivolge a una femmina ritenuta non abbastanza avveduta. Ma io ero corazzata, dentro e fuori, e andai subito al sodo.

«Cosa vuoi per quella?» domandai, indicando una collina sulla quale nemmeno l'ultimo dei Getuli avrebbe scommesso il più vecchio dei suoi cammelli.

«Cosa puoi offrirmi?» ribatté con un sorriso lascivo. Se mi fossi concessa a lui, avrebbe allungato volentieri le mani sui tesori nascosti nelle nostre stive.

«Te la compro» risposi senza batter ciglio.

Lui e i suoi uomini scoppiarono a ridere: «In giro si dice che voi Fenici vi siete arricchiti commerciando con le navi. È vero che rivendete l'argento degli Iberici?».

«La nostra terra non offre molto. Così ci siamo ingegnati col mare.»

«Quell'altura costa troppo anche per voi.»

In quel momento mi accorsi che il lungo bastone che impugnava terminava con una testa leonina, il suo scettro. Eravamo a pochi passi dal mare, le nostre imbarcazioni stanche riposavano ormeggiate e io non volevo ripartire. Ero arrivata a destinazione, lo sentivo dentro con la forza delle cocenti verità. Del resto, anche il prodigio mi assecondava: lì, scavando, avevamo trovato il teschio di un cavallo da guerra, il segnale dell'approdo. Ce lo aveva predetto il mio indovino, aggregato a Cipro insieme a numerose fanciulle che rendessero fecondo il popolo che aveva deciso di seguirmi.

Così osai: «Vi faccio una proposta. Mi venderete solo lo spazio della collina che sta dentro a una pelle di bue».

Mi guardò divertito, mentre i suoi uomini si lanciavano sorrisi sornioni, forse pensando che fossi pazza e che anche i fuggitivi al mio comando avessero perso il senno.

«Affare fatto» concluse sbattendo a terra lo scettro. «Benvenuti, allora, a voi e al vostro grande regno» sbottò di nuovo in una fragorosa risata, e i suoi dietro di lui. Risalirono in groppa, spronarono i cavalli e partirono verso il deserto, mentre il galoppo, mescolato alla polvere, si univa ai loro schiamazzi.

Ora Iarba ha capito chi sono. Ha imparato a controllare la sua ilarità, perché quella che ride sono io. La sua mente minuta mai e poi mai avrebbe potuto prevedere lo stratagemma con cui fu gabbato. Tagliai la pelle di un bue in strisce così sottili che parevano invisibili, ma abbastanza lunghe da circoscrivere il perimetro della collina agognata. Byrsa la chiamammo e io ne sono la regina indiscussa. Adesso Iarba mi chiede in moglie a ogni giro di luna e l'unico modo per tenerlo a bada – e impedire che mi assalga con le sue rozze truppe – è dichiararmi vedova inconsolabile.

Sto affinando l'arte della diplomazia. Lo ricevo con gentilezza, gli offro succo di cedro – solo noi, in queste lande desertiche, possediamo le sementi di altissima qualità del Libano – e gli spiego che quella che ho da raccontare è la storia triste della fenicia Elissa, che amò il marito Acherbas, ricco sacerdote del dio Melkart, altrimenti conosciuto come Sicheo, e fuggì con le sue ceneri. Gli narro che fu proprio mio fratello Pigmalione a ucciderlo, commise il delitto per il movente più antico del mondo, la brama di soldi, e nella nostra parentela risiede la tragedia: ti tradisce veramente non lo sconosciuto, ma colui di cui tu ti fidi. Spiego a Iarba che il mio cuore è a pezzi, non mi posso unire in nuove nozze. Lui ogni volta se ne va dal mio palazzo vagheggiando insidie inedite per convincermi.

Ciò che ho conquistato è valso la lotta.

La cittadella è salva. Byrsa è divenuta Cartagine e ora tutti mi chiamano Didone, che significa «l'errante», in onore al mio viaggio. Su ogni mattone d'argilla è impresso il rispetto dei locali, assieme al sudore della nostra fatica. L'abbiamo cinta di mura, abbiamo eretto abitazioni e, prima ancora, un maestoso tempio con soglia bronzea e travi massicce, consacrato alla dea tra le dee, Giunone. A sud stiamo fabbricando un teatro, ma siamo solo all'inizio, si gettano le fondamenta di novelle case mentre, appena fuori dalla città, si sta delimitando un santuario a Demetra, con una favissa, il luogo votivo ricco di statuette per bruciare profumi e incensi.

A quanti è dato il dono di toccare con mano il momento magico della fondazione? Quanti hanno ascoltato la musica dei mille cristalli degli inizi, lo scrosciare puro delle sorgenti, i primi, timidi rumori di una strada maestra?

So bene di essere una privilegiata, per questo non abbasso mai la guardia. Dormo sonni interrotti – la notte – distratta dalle stelle che in questo cielo splendono come se stessero per toccarci, preoccupata – di giorno – che qualcuno ci voglia attaccare, noi che veniamo dalla striscia fenicia non siamo bravi nell'arte della guerra. Ho dalla mia la sorella Anna che, coi suoi consigli e la sua presenza, mi è stata fida alleata da sempre, poi l'indovino che consulto ma non con fiducia cieca: ogni mattina attingo la forza di resistere alle falde della mia volontà, ma non è facile vivere sempre in allerta.

Infondere agli altri coraggio, fare buon viso a cattivo gioco, ostentare cordialità, stringere le redini per ore: quanto costa la diplomazia.

È come se avessi vissuto per mesi in una terra di confine. Con Iarba che mi assale ogni giorno e i disguidi quotidiani da dirimere. Ho emesso leggi e sentenze, mentre un popolo adorante mi confermava senza esitare sua stella polare. E nessuno sospetta che la stella, nel cupo silenzio delle sue stanze, giunto il momento del riposo, nutra segreti timori.

Giunone

La rabbia è un'amica infida, perché ti blandisce fuori mentre ti divora dall'interno. Eppure mi accompagna dalla notte dei tempi, appena fu sconfitto Caos, e terra e cielo si divisero. Ira verso gli uomini e, di conseguenza, verso le donne loro complici. Prima fu indirizzata a mio padre Saturno, alla sua ansia spasmodica di spargere il seme, alla bruta veemenza con cui sovrastava mia madre. Poi scagliai i miei strali su mio marito Giove e sui suoi capricci. Mi ha tradita così tante volte che ormai la paura è svaporata ed è rimasto soltanto uno sterile conteggio intriso di livore. Un livore così grande che anticipa ogni scappatella e ricorda con minuzia ogni inciampo. I volti delle altre, i loro corpi, i loro capelli. E degli altri, perché Giove – non è un segreto – ama il bello in ogni sua forma, sia maschile sia femminile, come molti dèi e ciò non intacca la sua selvaggia virilità. Io lo amo come lo amavo quando eravamo bambini, fratelli nati da un padre tiranno, e non ho saputo distaccarmi dalla sua imponente ombra. Qualcuno pensa che sia solo smania di potere, la mia. Che voglia il seggio più alto dell'Olimpo: certo, non disdegno il mio ruolo, ma quello che provo nei confronti del consorte è un sentimento sincero. Basterebbe sostare qualche minuto accanto a lui per capire ciò che si prova. Lambire l'incommensurabile, farsi accarezzare dalla scossa improvvisa e divampante dei lampi, baciare l'infinito.

Questo senso di appartenenza è reciproco: Giove può cercare altrove, ma torna sempre da me. So che è ben grama consolazione, ma non posso pretendere altro e seguo lo scorrere dei soli cullata tra rabbia e rassegnazione. Non è contemplata una storia diversa, per noi divini. E se lo lasciassi sarei comunque infelice: lo sarei un po' di più, in questo soltanto sta la differenza.

Giove mi conosce come le terre su cui scaraventa i fulmini: di esse sa ogni albero, ogni rivo tracciato dallo scorrere dell'acqua, ogni dirupo. La sua sovranità si estende nei paesi a nord, oltre il mare e questo comporta che lui vada bighellonando nell'etere, e trovi nuove distrazioni. Uno dei talenti di mio marito è la metamorfosi, per possedere Leda si mutò in cigno, quando si dichiarò a me assunse le sembianze di un cuculo. Con Ganimede, principe troiano di cui tutti decantano la beltà, trasvolò in un'aquila. Ma non gli bastò amarlo svergognatamente, no: piazzò il giovinetto nell'Olimpo e allora io ruppi tutte le anfore. «Come hai potuto portarlo qui?» gridai furibonda, alimentando lo svago degli dèi che origliavano.

«Sai bene che è solo un passatempo. Un bellissimo,

gradevolissimo passatempo» rispose serafico e io gli lanciai un *kylix* d'oro che lui prontamente schivò.

«L'hai reso coppiere degli dèi per dare un senso al tuo piacere!»

«L'ho fatto assurgere all'Olimpo per regalargli l'immortalità.»

«E hai tolto il compito di coppiera a nostra figlia Ebe, che faccia tosta! Cosa ti ha fatto per essere sostituita col primo venuto?»

«Placa l'animo, moglie mia. Non c'è nessun affronto. Ebe non poteva portare nettare e ambrosia agli dèi per sempre, sarebbe stato svilente. Si merita molto di più: è nostra figlia.»

Giove ha la risposta giusta per ogni frangente, sa adirarsi spaventando il prossimo, può incutere soggezione senza nemmeno alzare il mento. Può adocchiare una nuova conquista solo percependone il profumo, mentre con il braccio mi cinge le spalle, perché sa che c'è un lieto epilogo per ogni sua fantasia. Mentre le altre e gli altri durano il tempo effimero che impiega il suo seme a detonare, io rimango. A qualcuno va anche male, Ganimede, per esempio, finì nel cielo più remoto, trasformato in costellazione. Ogni tanto ne conto gli astri, mentre mi sfugge un sorriso e mi rincuoro riconoscendo che, alla fine, è solo questione di tempo: la mia è l'arte dell'attesa.

Il giovane efebo non è l'unico motivo per cui detesto i Troiani. Ancora prima di Ganimede, dovetti sopportare il capriccio di Giove che si era fissato su Elettra, figlia di Atlante. Il sacro impeto era così violento che il dio non si placò nemmeno nel tempio di Pallade Atena:

lì violentò la fanciulla, fuggita tante volte invano, e dal coito veloce nacque Dardano, il capostipite dei Teucri.

«E lei cosa c'entra col tuo odio?» qualcuno mi chiederà. «Non è forse Giove il vero colpevole? Perché chi è tradito non se la prende con il traditore, vera origine dell'offesa?» La risposta è semplice: non ho altre destinazioni verso cui incanalare i fiumi della mia rabbia. Inimicarmi il signore degli dèi sarebbe impresa troppo dispendiosa e alquanto inutile. E al di là della strategia, prevale la mia dedizione a un uomo che non considera la fedeltà come parametro dell'amore. Io sono la sua signora e questo gli basta. Ma dietro di me ci sono le altre.

Delle volte mi sono chiesta se le mancanze di mio marito fossero dovute a una mia incompiutezza. Cosa mi manca? La propensione alla guerra di Atena, l'aderenza ai boschi di Artemide, la capacità di piacere della dea più smorfiosa di tutte. Forse la mia è stata una sciocca rincorsa verso una bellezza di cui non ho mai detenuto il primato. E così si arriva al terzo motivo che mi rende invisi i Troiani: non perdono il giudizio di Paride, stupido pastore che in realtà celava uno dei cento figli di Priamo, invitato a scegliere quale delle tre dee fosse la più bella, porgendo a essa una mela d'oro. La scelta sarebbe stata dura per qualsiasi dio, figuriamoci per un mortale: dietro una mela, ci contendevamo l'egemonia che rende gloriosa ogni donna. Eravamo agguerrite come se in palio ci fosse il premio supremo, ognuna promise qualcosa in cambio, in proporzione al suo campo d'azione: la sottoscritta ventilò potere e ricchezza; Atena, la dea della saggezza, giurò che avrebbe reso Paride – per sua natura imbelle – imbattibile in guerra; e Venere, la dea della bellezza, gli assicurò l'amore della fanciulla più venusta che occhio umano avesse mai visto. Il ragazzotto preferì l'opzione più scontata: da quel giorno il mio rancore fu sigillato per l'eternità.

Enea è solo una macchia scura nel fitto di un bosco ombroso. Non è lui quello che perseguito, ma ciò che rappresenta: il sangue troiano che mi ha tre volte umiliata. Se non lavassi l'offesa, chi venererebbe ancora il mio nome, portando offerte sui miei altari? Oppormi al Fato – è scritto che lui fonderà un nuovo regno in Lazio e da lì nascerà una gloriosa stirpe detta romana, che dominerà sul mondo conosciuto – è impossibile: posso tuttavia ritardarlo.

Scendo nella patria dei nembi, regno di Eolo, isola densa di austri violenti. Il dio domatore di bufere mi riceve nella sua maestosa caverna, sotto una montagna dove custodisce Zefiro e Maestrale e le collere delle tempeste, incatenate. Ecco uno dei motivi per cui non disdegno essere la moglie di Giove: la deferenza che mi è tributata.

«Signora grandissima, è un onore riceverla nella mia umile dimora» bofonchia con la fronte che quasi tocca terra.

«Alzati, Eolo. Ho bisogno di un favore. Un popolo a me ostile attraversa il mare e ha intenzione di portare in Lazio i resti di Troia. Scatena contro di loro i venti e sconvolgi i cieli a ridosso del mare, capovolgi le navi, disperdili, distruggi ciò che puoi.»

Lui, alzatosi, mi fissa, forse non comprendendo il

perché di così tanto astio. La sua barba mi sembra più bianca e i capelli più canuti dell'ultima volta che l'ho visto. Esita. Evidentemente la mia richiesta necessita di un rinforzo: «Ho sette e sette ninfe bellissime. Ti farò dono della più bella tra esse, Deiopea. La unirò in sacre nozze con te e vi augurerò molti figli».

Il porco cambia faccia. Sono così noiosi e prevedibili, talvolta, i maschi... Risponde biascicando con la bava alla bocca che non occorreva nessuna offerta, che lui avrebbe comunque obbedito e intanto pregusta tra sé il momento in cui le sue mani viscide stringeranno i fianchi tondi della mia ninfa.

Obbedisce con zelo e dischiude i venti più impetuosi, che si slanciano all'esterno. Li scorto volando via. Molti i venti, tra cui Euro, Noto e Africo latore di cicloni spazzano la terra, sibilano sugli scogli e si riversano sui flutti, creando un sommovimento pauroso. Dall'alto spingono giù le nubi e le addensano minacciose: così giorno e notte si capovolgono.

Vedere Enea spaurito, aggrappato all'albero maestro, mi inebria: mentre rimbombano i tuoni e balena la volta, il grande eroe trema come un vitellino e rimpiange di non essere morto a Ilio, accanto al fiume Simoenta, rosso del sangue di tanti guerrieri.

Non sono da meno i suoi compagni: il coraggio si affloscia così presto nei mortali quando sono sballottati dal pericolo, una raffica d'Aquilone squarcia la vela e innalza le onde alle stelle. Noto frantuma tre navi contro gli scogli nascosti, altre tre vengono insabbiate da Euro nelle secche delle dune, quasi coperte di sabbia e una, capitanata dai Lici e dal fedele Orione, è inghiottita negli abissi. Si intravedono alcune figure sbracciare, altre si eclissano. Tra i gorghi appare in superficie – e subito scompare – qualche tavola di legno, assieme alle armi e ai ricchi tesori troiani, sparpagliati nell'acqua.

Gioisco dall'alto e dilato il tempo che, se per gli umani scorre in una sola direzione, noi superni possediamo nella sua totalità e abbiamo la facoltà di ripiegare o allungare a piacimento.

Il maroso attacca la nave massiccia di Ilioneo e quella del gagliardo Acate e quella di Abante e di Alete: stanno cedendo le giunture sui fianchi, già imbarcano acqua e si inclinano su un lato, ma resistono. Intanto alcuni naufraghi, disossati e spauriti, cercano di raggiungere le coste.

Il sollazzo dura poco. Sopraggiunge mio fratello a rovinarmi la festa: Nettuno, dio del mare, geloso del suo dominio. Si eleva sulle acque in tutta la sua possanza scultorea, la barba gocciolante e i capelli intrisi di alghe, inveisce adirato ai venti, minacciando castighi e ricacciandoli indietro, con un'ambasciata per il loro re, che sbeffeggia: «Riferite ad Eolo che il mare è il mio regno. Gli basti gloriarsi delle sue caverne, dove vive nell'ombra, chiuso come in un carcere».

Il suo furore emana scintille, le folate scivolano via impaurite, i fulmini si dissolvono sbuffando in timide scintille, la superficie del mare torna una lastra liscia e io distolgo lo sguardo, in cerca dei superstiti.

Enea e i suoi stanno approdando sulla riva libica, le navi mezze disfatte non potranno ripartire prima di essere riparate. Così protrarrò il tempo che lo separa dalla meta, soltanto questo mi è rimasto.

Il capo troiano studia l'approdo. Sono finiti su una laguna circoscritta da un'isola e da due braccia di roccia unite alla terra: lì s'infrangono le onde per poi ritrarsi danzando in semicerchi concentrici. Verso l'entroterra, rupi scoscese e boschi fittissimi. Gli scampati trovano una grotta immensa, ospita un lago d'acqua dolce, e sedili scolpiti nella pietra, lì decidono di nascondere le sette navi rimaste. Poi tornano alla prima spiaggia e si gettano sulla sabbia con le braccia aperte, disfatti e madidi, chiazzati di salsedine. Appena riesumano un barlume di forza, abbattono diversi alberi per allestire un fuoco per la brace, salvano il grano bagnato, lo tostano e lo tritano coi sassi.

Enea, intanto, si arrampica sulla sommità di un alto scoglio per scrutare l'orizzonte, per vedere se dal mare spunta una delle imbarcazioni disperse dai venti, ma niente. Scorge però tre cervi e, poco più in là, il loro branco. Non esita nemmeno un istante: rincorre le bestie, attende che la prima si fermi. Le orecchie tese, gli occhi ancora in allerta. Enea impugna la freccia, la tende sull'arco, l'animale crolla sulle ginocchia e gli altri esemplari si danno alla fuga. Ma lui li insegue, ostinato, vuole arrivare al numero di sette: una preda per ogni nave che si è salvata.

Mi infastidisce l'eccessivo giubilo degli uomini. Come quello dei compagni di Enea, quando vedono i corpi dei cervi trascinati, due, tre alla volta, per le teste dai palchi ramosi e già pregustano il convivio. Mutevoli nell'animo, queste bestioline dal volto umano che un attimo prima piangono e quello dopo esultano.

Strappano la carne dal costato, la tagliano a pezzi,

la infilzano negli spiedi assieme alle viscere, mentre il fuoco scoppietta sulle braci.

Forse, se gli uomini si nutrissero come noi di nettare e ambrosia, non sarebbero così ripugnanti al momento del pasto. Quelli masticano ingordamente e tracannano vino scuro di Aceste, bagnandosi il mento e pulendosi col dorso delle mani.

Cos'è quell'istinto primordiale chiamato fame? Cosa si prova quando si desidera il cibo, forse qualcosa di simile alla rabbia che mi consuma? Ristoratevi pure, inermi creature: da quassù io sorrido perché so che i guai, per voi, non sono finiti. Non crediate di essere salvi solo perché nelle settimane scorse avete già scampato la furia di Scilla o i famelici Ciclopi o le catastrofi delle correnti.

Ora siete approdati nella terra della mia protetta, la regina Didone senza-paura, saggia come un veggente ma scattante come una giovincella, guerriera all'occorrenza, donna dalle straordinarie risorse, avversa ai monili e alle chincaglierie femminili, d'animo profondo e concreto, colei che – sola, senza bussola – si mise alla testa di una spedizione clandestina dopo che suo fratello Pigmalione le uccise il marito Sicheo, con l'unico scopo di sottrargli le ricchezze. State attenti a ogni vostra mossa, Troiani, perché un qualsiasi torto a Didone è come se fosse indirizzato a me.

Didone

Non è stato uno scherzo respingere le proposte del conduttore berbero. Iarba è ostinato e non accetta rifiuti, non certo da una straniera che gli ha soffiato sotto il naso la Byrsa. A un suo cenno, cascherebbero ai suoi piedi molte fanciulle che popolano le terre attorno ai deserti. Ma si è impuntato sull'unica che lo disdegna e ormai è diventata una questione d'onore. Ignora la paura con cui affronto ogni giornata e si aggiunge come problema ai miei assilli quotidiani. Paura di non farcela, di deludere chi ha creduto in me, di perdere tutto.

Mi alzo con Aurora spolverata dall'oro solo per essere la prima ad attraversare le vie lastricate. Il popolo mi ammira e ciascuno mi chiede consiglio. Dove scegliere la sede della propria casa, dove recingerla d'un solco.

Sento sulle spalle la fatica cosmica di Atlante, eppure mostro in viso serenità, per infondere coraggio alla mia gente.

A parte la cara sorella Anna, non posso confidarmi con nessuno. Mi sento sola, infinitamente sola, come una goccia che cade per sbaglio, unica, giù dal soffitto umido di un'immensa nuvola.

Se sposerò Iarba, mi relegherà in una stanza e regnerà al mio posto, sottomettendo i miei sudditi. Non chiede altro.

Se continuerò a declinare le sue profferte, si indignerà sempre più, fino a muovermi guerra assieme ai suoi Getuli, squadre di armigeri triviali, cresciuti nelle tempeste di sabbia, nessuno di loro conosce il nome delle stelle o delle rotte di navigazione.

Ma oggi i pensieri si dissipano, qualcosa sta succedendo, lo percepisco nel momento in cui entro nel tempio di Giunone con il mio stuolo d'uomini armati. È stato uno degli edifici con cui ho voluto inaugurare la novella fondazione: certe sere, quando mi sale l'inquietudine, mi cullo nella lusinga che Giunone mi sia amica. So che è un'illusione, nessun divino si è mai manifestato a me né mi ha teso una mano quando ne avevo bisogno. O forse è accaduto e non ho colto la rivelazione?

Entro nel tempio della mia dea tutelare e li vedo. Uomini sconosciuti, vestiti alla maniera frigia, osservano rapiti le pitture murali non ancora completate. Da dove giungono? Nessuno di loro è anziano, indossano vesti leggere, sono armati ma non sembrano aggressivi. Qualcuno piange, qualcun altro indica le scene di combattimento. Avevo ordinato che in questo luogo sacro venissero rappresentate le imprese della guerra di Troia, descritte da un guerriero ellenico che aveva partecipato a quel massacro infinito. Molte persone approdano nel tempio di Giunone solo per sapere cosa accadde a

Oriente, quando gli Achei combatterono consumandosi per dieci anni attorno a Ilio. Ma ora è come se queste genti, venute da fuori, qui si riconoscessero. Come se avessero ritrovato Priamo, il sovrano della città sconfitta, e il suo nemico Achille, intrepido quanto mai poté essere un combattente che calpesti le scene di guerra con passo mortale. Poi Agamennone, Menelao e gli altri eroi dipinti, tra cui quello dalla mente sopraffina, il multiforme Ulisse.

Le scene si susseguono drammatiche: il cadavere di Ettore trascinato attorno alle mura sotto gli occhi esterrefatti dei suoi, sua moglie Andromaca che si strappa i capelli assieme alle donne troiane, Priamo che si reca supplice alla tenda di Achille per riscattare la salma del figlio: crede forse di placare il più tremendo dei lutti rendendo a Ettore onori funebri. E intanto Atena, impassibile, distoglie lo sguardo. I più valorosi sono presenti, sia Achei sia Dardanidi, i Troiani che discendono da Dardano: Aiace, il povero Troilo e perfino l'amazzone Pentesilea, col suo scudo lunato e il seno scoperto. Il dolore cola attorno a quelle immagini divenendo tangibile, gli osservatori emettono gemiti.

«Chi siete, stranieri?» domando con voce ferma, avanzando di un passo. Un uomo si fa avanti – sul volto ancora le tracce della tristezza per quanto ha visto – e parla chinandosi, in mio onore: ha riconosciuto dalle vesti e dal contegno chi sono. Il suo corpo è imbrunito dal sole e reso tonico dall'abitudine alla lotta contro gli uomini e contro il mare. Labbra bellissime, caute nel parlare, si intravedono sotto una barba stanca da cui esce una voce pacata: «O regina a cui gli dèi hanno concesso di fondare questa città, noi siamo scampati alla guerra di Troia. Distrutta la nostra patria, vaghiamo esuli da anni, sfiniti non cerchiamo la lotta, ma solo ristoro e un porto sicuro. Ti chiediamo di non incendiare le nostre navi. Da noi non devi temere nulla: non vogliamo prede da imbarcare né devastazione o inganni. I vinti sanno che ogni superbia si spegne sul rogo della vanità. Cerchiamo ospitalità, resteremo qui per poco, gli dèi ci hanno indicato la strada. C'è un posto chiamato Esperia dai Greci, abitata dagli Enotrii e ora detta Italia dal nome di un loro capo arcade, Italo: quella è la nostra rotta».

Ora che, terminando il discorso, alza di nuovo il volto, riguardo i suoi ipnotici occhi neri: bucherebbero i muri di questo tempio, se solo volessero. Così gli rispondo: «Cacciate dal cuore ogni timore, o Troiani, vi do il benvenuto. La vostra fama ha viaggiato per mari e contrade, portandovi alle stelle. Gli aedi canteranno per secoli ciò che è accaduto, rendendovi immortali. Io, un tempo esule come voi, vi voglio aiutare, conosco il sapore amaro della sconfitta. Siete diretti verso l'Italia e i campi saturni? Vi soccorrerò come posso e, se al contrario volete restare qui, vi accoglierò come fratelli. Esperta del dolore, ho capito che soccorrere gli infelici è più proficuo che schiacciarli».

È tanto facile verificare la verità delle mie parole. Basta pensare agli effetti nefandi che sortisce uno schiaffo rispetto a quelli solidali di una mano, quando viene offerta in aiuto.

«Grazie, regina. Resteremo volentieri, finché non capiremo che fine hanno fatto i compagni dispersi. In una tempesta abbiamo perso delle navi e la speranza è che riemergano su queste spiagge. Già abbiamo raccolto qualche naufrago.»

«Ordinerò ai miei uomini di esplorare gli estremi confini della Libia per vedere se si trova qualcun altro. E tu che sei a capo della spedizione, sei tu il celebre...?»

Mi fissa con i suoi occhi neri come la notte sopra Cartagine, quando le nuvole chiudono il cielo in un manto senza scampo, poi fa un passo indietro e scuote la testa: «No, non sono io a comandare le flotte, mia regina. Io sono soltanto Ilioneo».

Compare un uomo che per prudenza era rimasto in retroguardia, confondendosi con gli altri. Un po' più basso rispetto a chi ha appena parlato al suo posto, ma di una differenza quasi impercettibile. Ha i capelli castani, una fibbia d'oro che gli ferma il mantello e la sua voce è abituata a parlare forte e chiaro: «Sono io la persona che cercate, il troiano Enea, scampato alle onde. Grazie per la magnanimità che ci dimostri, regina, accogliendo il mio popolo tartassato dalle sventure e bisognoso di tutto. Che gli dèi ti possano rendere cento volte ciò che tu hai intenzione di donarci».

Vorrei dominare il mio stupore, ma forse non ci riesco. Quindi è costui Enea, sangue divino, figlio della dea Venere e del mortale Anchise, come si vocifera? Il prode Enea, il grande combattente che sconfisse tanti Achei? Stretto parente di Priamo, visto che ne sposò la figlia, la principessa Creusa? Mi rendo conto che sto toccando con le mani il mito stesso, stagliato nelle mille narrazioni riascoltate tante sere: forse dovrei essere più emozionata, ma i racconti abbagliano più della realtà.

Rinnovo la mia disponibilità all'accoglienza, mentre lui mi ricopre di benevoli complimenti e mi ringrazia di cuore. Lo rassicuro sulle mie intenzioni amichevoli, invito i presenti a palazzo e avviso che manderò ai compagni che custodiscono le navi animali da offrire agli dèi: venti tori, cento terga di grassi maiali, cento agnelli con le loro madri. Li sacrificheranno ingraziandosi gli dèi e si sfameranno a sazietà.

Prima di andarmene, seguita dai giovani della mia scorta, l'istante in cui mi sto per voltare e offrire le spalle, lancio uno sguardo impercettibile agli stranieri e sento – una sensazione fatale e irreversibile, di quelle che ti prendono allo stomaco, costringendoti a crederci – che è scoccata una nuova era. Questo avvento lascerà un segno profondo nell'esistenza mia e del mio popolo.

I profughi mi hanno colmata di regali. Un mantello intessuto di ricami: immagini auree e un velo con intarsi d'acanto color croco, di greca fattura, un tempo appartenuti alla stupenda Elena, figlia di Leda e del re degli dèi. Inoltre, uno scettro che era stato di una principessa troiana, una collana di perle e una doppia corona d'oro, traboccante di pietre preziose.

Forse anche Enea intende conquistarmi? O davvero è solo di passaggio? Mi hanno consegnato il forziere alcuni suoi uomini e con loro c'era un fanciullo dai capelli mossi e castani: è Ascanio, figlio di Enea e Creusa, anche lui progenie divina. Ha perso la mamma il giorno della fuga da Troia: cosa ricorda di lei, dopo sette anni di navigazione? Sette anni devono essere lunghissimi per chi ancora non ha il potere di conservare i dipinti del passato nelle sacre stanze dei ricordi. Mi sorride con simpatia il piccolo e io subito gli faccio cenno di raggiungermi.

Mentre gli stringo la manina, penso per un istante al figlio che non ho mai partorito. Mia suocera insinuava che fossi sterile – è un'onta la sterilità, per una donna sposata e, guarda caso, quando non arrivano figli si dà sempre la colpa alla donna –, ma il mio consorte Sicheo mi aveva concesso ancora qualche anno prima di trovarsi un'altra moglie, credo che mi volesse sinceramente bene. Non comprendeva appieno il mio essere diversa, ma nutriva un silenzioso rispetto nei miei confronti. Accettava la mia tendenza a spezzare le convenzioni: non mi agghindo come alle donne viene insegnato, sono incapace di dilungarmi in chiacchiere futili. Ma non mi rassegnavo alla mancanza dei figli. C'è stato un periodo in cui ho chiesto agli dèi di farmi morire piuttosto che lasciarmi arida. Mi sentivo inutile e rea, piangevo in silenzio. La morte di Sicheo mi ha distrutta, facendomi piombare in più gravi preoccupazioni. Allora ho capito quali inauditi fardelli possano gravare sulle spalle delle donne. Quanti pregiudizi, quanti sensi di colpa, quanti castighi, talvolta autoinflitti.

Ovunque temevo l'agguato, mio fratello Pigmalione stava allungando le mani sulle dovizie della mia famiglia acquisita, con la complicità della nostra d'origine, e la mia vita era in pericolo. Dopo il delitto contro Sicheo sono scappata via, di notte, sulle navi allestite in fretta, stipate di ori sidonii. Persone fidatissime e sconosciuti misero la loro vita nelle mie mani, investendomi della più alta responsabilità: chi comanda con coscienza non conosce tregua. L'inganno con cui costrinsi gli schiavi di Pigmalione a seguirmi lo ordii per necessità: «Gettate questi sacchi in mare» ordinai loro «come offerta al mio defunto marito. Donerò a Pigmalione gli ori che Sicheo mi ha lasciato».

Mi obbedirono, non intuirono l'imbroglio, gli stolti: quelle bisacce che si inabissavano erano piene di sabbia, mentre i miei tesori erano già stati caricati sulle navi.

«Vi rendete conto di quello che avete appena fatto?» domandai.

«No, mia signora» rispose a capo basso, allertato, il più anziano di loro.

«Avete buttato in mare le ricchezze di Sicheo, quelle su cui Pigmalione tendeva le mani. Mio fratello non ve lo perdonerà mai.»

Vidi i loro volti caricarsi dei graffi della paura. Offrii loro la soluzione che li avrebbe salvati, l'unica a cui non avrebbero potuto dire di no. La sera tiepida di Tiro mi proteggeva, ancora poche ore e avremmo levato le ancore: «Se volete salvarvi, imbarcatevi con noi».

Dalla notte che lasciammo la nostra costa fenicia non ho più pensato alla maternità, ma, ora, stringere questa manina morbida mi crea uno strano effetto: come se mi si aprisse nel cuore un varco per permettere a tutti di danzarci dentro.

Giunge presto la sera agognata, il cielo si oscura dopo i saluti del tramonto colore arancio sterlizia. Gli ospiti si presentano puntuali, vengono invitati a stendersi sui tappeti purpurei, di fronte a me che osservo adagiata su una sponda d'oro. Impeccabili, i servi versano acqua sulle mani dei giovani Troiani e li forniscono di tovaglioli di raso. I miei occhi si incrociano con quelli di Ilioneo, il troiano dalle iridi d'ebano che mi ha parlato per primo. Gli ospiti estraggono dai canestri i doni di Cerere, mentre le ancelle imbandiscono cibo a volontà e mantengono accese le fiamme. Alcune provvedono a mescere il vino, altre a riempire i calici e così Dardanidi e Fenici, ora stesi vicini su giacigli ricamati, banchettano assieme in serenità.

Ascanio mi cerca, mi trova insolita. Mi abbraccia, mi tocca i neri capelli, qualcuno gli ha menzionato le mie imprese, mi rivolge domande che solo un bambino potrebbe fare, come per esempio se è vero che ho guidato, io sola e pure donna, una nave, indicando la rotta a un popolo fuggiasco. Mi chiede se so usare le armi. «Certo che sì» rispondo, vuole sapere se preferisco l'arco o la lancia, mi chiede di descrivergli la mia faretra, io lo assecondo in tutto, rapita dalla sua voce deliziosa e dai suoi occhi che mi scrutano ammirati, quando annuisco alla sua curiosità: «Davvero tu bevi il vino come un uomo?». Le nostre risate si inseguono cristalline.

Nel chiaroscuro del salone, schiave dalla pelle resa lucida dall'unguento danzano con passo sinuoso al ritmo soave della cetra. La suona Iopa, canta la luna mai stanca di girare e le fatiche costanti del sole e gli indugi delle notti, dispiega gli antichi misteri mai svelati: come nacquero l'uomo, le bestie, la pioggia e il fuoco. Perché mai le stagioni fuggano via e con esse il tempo impaziente. Tutti applaudono, non c'è differenza tra i popoli quando si è in festa.

Riecheggiano le voci dei nuovi venuti, scortate in sottofondo dal crepitio delle fiamme che tremolano sulle lampade pendenti dagli aurei soffitti. Mi faccio consegnare la coppa di Belo, mio padre, il momento è liturgico. Pesante di oro, smeraldi, topazi, rubini e diamanti scovati nelle grotte profonde della terra nera, chiedo che lo colmino di vino e brindo al grande Giove – né mai mi dimentico della sua consorte Giunone, una dea impegnativa, cui non piace essere lasciata in disparte.

L'incavo è grandissimo, per bere qualche sorso quasi vi entro col volto. Mi pulisco le labbra inumidite dal liquido viola, poi passo la coppa affinché ogni commensale suggelli la nuova alleanza. Quando gli altri si sono serviti e la forza del vino scuro ci accarezza la fronte, parlo guardando dritto negli occhi Enea: «Raccontaci, ospite, la vostra storia. Vorrei conoscerla dall'inizio e sapere cosa accadde in questi sette anni».

Tutti puntano lo sguardo su Enea, che risponde solenne: «Regina, tu mi chiedi di narrare la nostra disgrazia ma, facendolo, sarò dilaniato da un'infelicità indicibile. Se tale, tuttavia, è il desiderio di conoscere le nostre vicende, farò come chi parla e ignora gli sfregi nel cuore: voglio accontentarti e ricambiare, nell'unico modo che posso, la tua generosità. Conosci – vero? – il tranello con cui i Greci espugnarono Troia, dopo dieci anni d'assedio? Protetti da Pallade Atena, costruirono un cavallo con assi di legno d'abete e di acero, fingendo che fosse un'offerta per propiziarsi il ritorno».

«Quanto era alto?» Non riesco a trattenere la domanda: tante volte l'ho immaginato ma il suo garrese era indefinito.

«Quasi come le mura della nostra città. I Greci lo lasciarono sul lido di fronte a Ilio e sparsero la voce che se ne erano rimpatriati. Una grande finzione: in realtà erano approdati dietro a Tenedo, usando quest'isola come nascondiglio momentaneo. Ma i più prodi tra gli Argivi stavano eclissati nel cavo dell'infernale ordigno, armati, smaniosi di uscire.»

Lo ascoltiamo rapiti, non mi sembra vero di ricevere notizie sul più famoso conflitto mai udito proprio da chi l'ha vissuto sulla propria pelle. Sapere per me è anche un modo per imparare a difendermi, per questo non mi sono piegata alla pietà, poco fa, quando lui si è lamentato del dolore nel rammentare. Enea ci espone il giubilo dei Troiani quando spalancarono le porte Scee, confidando ingenuamente di percepire sentore di pace, e si avvicinarono a quel cavallo così maestoso che toglieva il fiato a chiunque. Non è naturale voler credere al meglio dopo una lunga sofferenza, anche ignorando il buonsenso?

Quello prosegue: «I Dardanidi saltavano per la gioia tra le spoglie di quello che era stato l'accampamento greco e indicavano eccitati la tenda di Achille, la schiera dei Dolopi, l'arsenale e i presidi di battaglia. Si diffuse la voce che il cavallo fosse un'offerta ad Atena da parte dei Greci che volevano propiziarsi un buon ritorno, ma né io né Capi ci credemmo e invitammo alla prudenza. Timerte esortava a trainarlo dentro le mura, noi remavamo in senso opposto: era un regalo troppo sospetto, incitavamo a gettarlo in mare o bruciarlo o magari forarlo per spiarvi dentro. Poi Laocoonte, il sacerdote di Nettuno, gridò parole dure, presagendo il tranello. "Non ricordate la mente pericolosa di Ulisse? L'empietà di Achille? Ho paura dei Danai, anche se arrecano doni" disse, minacciando future sciagure per la città, qualora avessimo fatto entrare l'intruso. A riprova, gli scagliò contro una lancia che si conficcò nel ventre: la sua cavità risuonò cupa.

«La folla frigia si tagliò in due. Chi optava per la distruzione, chi per l'accoglienza. Poi entrò in scena Sinone, il più malfido e ipocrita tra gli Achei. Lo trascinavano dei pastori dardanidi come se fosse un prigioniero, infatti tale si finse.

«Ascolta, mia regina, come si comportò questo greco mendace: conosciuto lui, è come se tu conoscessi i suoi compatrioti. Ci raccontò una crudele bugia, facendoci credere di essere caduto in disgrazia tra i suoi per colpa del perfido Ulisse, che sempre tramava contro di lui, coprendolo di offese e calunnie. Assicurò che i Greci erano davvero salpati, da settimane aspettavano soltanto che il mare si chetasse. Noi Teucri confermammo: effettivamente da troppo tempo aveva imperversato la tempesta. Sinone aggiunse che i Greci, affranti per il maltempo, avevano perfino spedito Euripilo a consultare l'oracolo di Febo, ma il responso era stato così ingarbugliato che avevano dovuto chiedere a Calcante di interpretarlo e questi, in combutta con Ulisse, aveva mentito. Gli aveva detto che, per avere venti favorevoli e un mare amico, l'esercito avrebbe dovuto compiere un sacrificio umano: proprio lui, Sinone. Il disgraziato venne preparato al sacrificio con salso orzo e tempie bendate, il suo momento si avvicinava. Ma all'ultimo aveva tentato di sfuggire alla morte, si era strappato le corde che lo legavano ed era corso a nascondersi in un lago melmoso, tra i fili d'erba palustre, dove era rimasto occultato per un'intera notte».

Una schiava dalle spalle nude versa altro vino mesciuto nel calice di Enea, che si concede una pausa per bere. Subito l'eroe riprende il discorso e ci riferisce come Sinone avesse mosso a compassione molti Dardanidi, gettando infamia sui suoi conterranei. Era soltanto una finta: il suo vero scopo era la distruzione di Troia.

Il silenzio nella sala è cullato soltanto dallo scoppiettare delle fiamme nei bracieri pendenti dall'alto, mentre ascoltiamo intenti la storia dell'esule.

«Priamo in persona impose di liberarlo dai lacci alle mani e gli chiese chiarimenti sul cavallo. Sinone si prostrò al nostro re e si dichiarò pronto a riferire tutti i segreti degli Achei. Fintosi delatore, assicurò che i suoi, avviliti dal protrarsi della guerra, si erano affidati alle arti divinatorie di Calcante. Lui aveva gridato che Atena li aveva abbandonati, li odiava da quando Ulisse e Diomede avevano osato profanare il Palladio, quel giorno in cui avevano strappato dal suo tempio la sua sacra effigie. I Danai quindi non avrebbero più potuto contare sulla protezione della dea dagli occhi glauchi. Così erano partiti per davvero verso casa – spergiurò il meschino – e, come risarcimento per l'offesa ad Atena, avevano lasciato quell'immane cavallo davanti a Troia. Priamo gli dette corda, io continuavo a non fidarmi. E fu a quel punto che avvenne il prodigio...»

Enea è un grande narratore. La sua voce decisa e tonante sa fermarsi nei momenti giusti per catturare l'attenzione. Perfino gli schiavi hanno sospeso i loro compiti e il barbagianni, appollaiato tra gli alberi dei miei giardini, ha interrotto i suoi versi notturni. Lo sta ascoltando anche il fuoco, scommetto, che ora scoppietta più pigramente. Avrebbe potuto diventare il migliore tra gli aedi, quest'uomo, se non fosse nato condottiero. Ci ipnotizza, chi smetterebbe di ascoltarlo?

«Laocoonte, sacerdote di Nettuno, non si fece imbrogliare. Aveva appena immolato un grande toro sugli altari e, con le mani ancora sporche di sangue, parlò alla fazione convinta da Sinone, mentre, di fianco a lui, i due figlioletti si guardavano attorno smarriti, senza capire di cosa si questionasse: "Non avete sentito la cavità risuonare, poco fa, quando scagliai la lancia? Davvero vi fidate e volete farlo entrare nel cuore indifeso della città?".

«L'ignaro non poteva immaginare la spaventosa sciagura che si stava per abbattere su di lui. Vedemmo muoversi qualcosa, lontano nel mare. Procedeva liscio lungo le acque, con volte a spirale. Solo quando fu più vicino distinguemmo un'enorme coppia di serpenti tra le onde, gli occhi iniettati di sangue invocavano rovina, le lingue biforcute sibilavano tetre. In un lampo giunsero a riva, sparpagliando la folla.

«Le belve si diressero sicure verso Laocoonte, balzarono sui suoi due figli e avvinghiarono ciascuna un piccolo corpo, stringendo senza pietà, mentre le ossa scricchiolavano sgretolate e le carni venivano strappate a morsi. Il padre osservava la scena inorridito, era troppo tardi anche per brandire le armi, eppure lui ci provò, le impugnò tremante: i figli già giacevano a terra, Laocoonte li osservava come fa chi non crede che la vita gli abbia giocato quello scherzo. Ma non era finita. I mostri marini lo puntarono malvagi. Un serpente gli si avvolgeva alla vita, un altro al collo: mentre cascavano a terra spada e scudo, i rettili si avvitarono alle sue membra e strinsero insieme con tale potenza che fu inutile ogni tentativo dell'uomo di sciogliere i nodi con le mani. Nessuno dei presenti osò intervenire, anzi, ci fu chi si tappò le orecchie per non udire i suoi boati, tremendi come quelli di un bue che sta per essere immolato sull'ara. Nessuno osò accostarsi nemmeno quando Laocoonte si afflosciò a terra. Il soffio vitale cessò per sempre, intanto i due serpenti strisciarono verso Ilio e si acquattarono ai piedi della crudele Atena, sotto il suo scudo tondo.»

I convitati emettono suoni di orrore, mentre Enea beve un altro sorso di vino. Io domando: «Chi era presente si convinse che fosse una punizione della dea Atena, giusto? E così avete fatto entrare il cavallo dentro le porte Scee?».

«Esatto, mia regina» rispose dopo aver inghiottito dell'uva sultanina «i Troiani posero sotto le zampe della costruzione di legno dei rulli scorrevoli e fissarono al collo dei canapi per tirare l'ordigno dentro alla loro tana. Intanto fanciulli e fanciulle cantavano allegri e inconsapevoli, incitando il trasporto.»

«E nessuno più si oppose?»

«Soltanto Cassandra. Conosci, o regina, la triste storia di Cassandra?»

«Colei che fu amata da Apollo e, siccome ebbe l'ardire di rifiutarlo, venne castigata con il talento di una preveggenza a cui nessuno avrebbe creduto?»

Si parla sempre delle gesta degli dèi, ma di rado delle imprese di queste eroine che si opposero ai loro sacri bollori. Quante volte – stando alle leggende – i sempiterni avrebbero allungato le mani su di noi, come bambini sciocchi e avidi di un grillo catturato e tenuto chiuso nel palmo della mano fino alla morte! Gli amori di Apollo non sono amori: sono tentativi più o meno maldestri di possesso, che si concludono spesso in rapimenti, violenze e rovina. Dafne si è dovuta trasformare in alloro, per esempio. Cassandra ha riscosso un triste dono: conosce il futuro, lo svela, ma viene creduta pazza. Entrambe hanno pagato un prezzo esoso per le voglie non corrisposte del loro inseguitore. A cosa servono gli dèi, se non a complicarci la vita? Sono prepotenti e viziosi, più forti di noi, approfittano della nostra ingenuità, ci deridono, ci tengono a debita distanza ma per usarci – all'occorrenza – quando viene loro il capriccio di noi. Probabilmente Cassandra era soltanto una principessa molto perspicace, in grado di prevedere qualche passaggio del futuro e, come forse altre donne intelligenti e acute, non è mai stata presa troppo sul serio. Ma non posso dire a Enea che la sua è solo superstizione. È troppo sedotto dall'idea di essere imparentato con creature superiori, infatti mi ricorda: «Esatto, Cassandra e Apollo. Non tutti gli dèi sono affabili come mia madre Venere. Lo sapevi, regina, che la dea della bellezza mi è genitrice?».

Gli mando un segno di assenso, mentre Ascanio corre a rifugiarsi tra le mie braccia. Non posso né voglio tirarmi indietro, ogni tanto mi distraggo col ragazzino, pur senza perdermi una parola della storia: il cavallo ligneo fu collocato in città, i Teucri festeggiarono fino a tarda notte, finché il sonno li colse beati. Intanto, sotto la tacita luna, le flotte argive navigavano minacciose da Tenedo. Quando furono in prossimità delle spiagge troiane, inviarono segnali di fiamma dalla nave maestra: il messaggio che stava per riprendere la guerra. Allora il torbido Sinone, doppia-faccia, ricevuto l'avviso, corse a liberare gli Achei nascosti nel concavo legno: nella calma ovattata della notte ubriaca, i guerrieri si calarono giù per una fune, uno dopo l'altro. Erano tanti e assetati di sangue: Tessandro e Stenelo, Ulisse e Acamante, Toante, Macaone, Menelao e il senza cuore Neottolemo, figlio di Achille, e tra loro Epeo, colui che come un architetto fabbricò lo stratagemma.

Mentre riporta i fatti come si svolsero – o come lui li visse –, Enea è quasi invasato, la voce si commuove quando narra che Ettore gli apparve in sogno, in quei momenti fatidici, e lo incitò a scappare coi sacri simboli di Troia e i Penati. Quest'uomo s'affida ai sogni, descrive Ettore come se davvero fosse stato nella sua stanza, con la barba irsuta e il sangue rappreso nei capelli, tale e quale il suo ultimo giorno, quando, per mano di Achille, aveva esalato l'ultimo respiro, il corpo deturpato dalle ferite e sporco di sabbia. Mentre Enea riceveva i defunti nel sonno, i Danai facevano strage, vendicandosi in poche ore della sete di vittoria sofferta per dieci anni.

Il cuore del fuggiasco soffre mentre descrive la rovina sulla città, il pianto agghiacciante che scuote le mura, i Teucri sorpresi nel sonno, le donne annidate presso gli altari per invocare una salvezza che mai, mai, mai sarebbe arrivata.

Noi lo ascoltiamo con le orecchie tese, prodiga le imprese al *pronaos* dei templi e ai crocicchi delle vie, affronta impavido tanto le fiamme quanto gli eserciti; i suoi uomini lo venerano impietriti, se domani morisse lo innalzerebbero a dio. Soltanto io gli credo a metà.

Venere

Non capisco perché Giove abbia permesso a quell'insicura di sua moglie di fare la guastafeste. Misero guadagno sbrindellare le navi degli esuli. Ben parca consolazione è ritardare un evento voluto dal Fato. È come se Giunone trovasse sollievo nel tormentare chi le ricorda che è stata a sua volta travagliata. E non capisce che l'oggetto del suo affanno in realtà è quel marito che, per sua stessa natura, non potrà mai appartenerle: Giove è di tutti. Non potrà mai concederle l'esclusività.

Sono stufa dei suoi giochetti. Giunone si crede chissà chi solo perché rappresenta la madre di famiglia, la grande pronuba, colei che veglia sulle nozze e sui parti. Ma sono io che incarno la fecondità e la bellezza, la forza generatrice. Nata dalla spuma del mare, mi rivelo frutto di un gesto estremo: quando Crono evirò suo padre Urano, gocce di sperma caddero in mare e vennero trascinate dai flutti fino a quando, per quel magico succedersi di incontri e confusioni che la natura prodiga ogni istante senza rendere conto a nessuno, sorsi irrorata di schiuma e di salsedine. Dove cammino cresce soffice erba e sbocciano fiori – il mio preferito è la rosa rossa, che un tempo era bianca, prima che venisse toccata dal sangue del morente Adone, spirato tra le mie braccia –, semino ovunque il trasporto d'amore, regno sulle passioni e talvolta dietro di me qualcuno avvista una colomba colore del latte, mio uccello favorito.

Se Giunone è l'atmosfera che circonda la terra, io sono l'umidità che sorge dal fluttuare indefesso degli elementi del mare, dal loro incontrarsi e lasciarsi in irrefrenabili simbiosi e in continui addii: non mi farò certo mettere i piedi in testa né rinuncerò a proteggere Enea.

Poco fa mi sono recata da Giove, mostrandogli afflizione, ho lasciato che i miei lamenti uscissero accompagnati da lacrime: «Grande sovrano, tu che stabilisci le sorti degli uomini e atterrisci coi tuoi lampi, dimmi: quale empietà ha commesso mio figlio perché gli si sovverta il destino, lui che era destinato all'Italia? Cosa ti hanno fatto i Troiani, perché tu permetta che venga inflitto loro questo dispetto? Mi avevi promesso che un giorno Enea li avrebbe condotti in suolo laziale e che lì avrebbe fondato un nuovo inizio da cui sarebbe disceso un impero glorioso, in grado di dominare il mondo conosciuto per terra e per mare. Era l'unico pensiero che mi consolava, mentre venivo costretta ad assistere all'incendio di Troia. Ho aspettato pazientemente che i fuggitivi superassero pericoli e sventure, ma perché ancora prolunghi le loro sofferenze? È mutato il tuo animo? Hai ritirato la tua parola? Hai concesso altre possibilità a individui ben meno importanti del mio Enea… Il suo compatriota Antenore ha attraversato sicuro i golfi illirici e i regni dei Liburni e ancora ha proseguito fino a fondare Padova, ora terra abitata da Teucri, dove ha appeso le armi per vivere in pace».

«Antenore doveva essere risarcito, lo sai. Nei dieci anni in cui è durata la guerra, ha perso sette figli.»

«Ma ne aveva concepiti moltissimi altri. Io ho avuto solo Enea da Anchise… senza contare che Antenore non può vantare sangue divino.»

Giove scruta i miei occhi resi ancor più lucenti dalle lacrime, mi sorride, uno di quei sorrisi che placano i cieli e le tempeste, poi accoglie il mio bacio sulla guancia divina. Solo alcune algide dee – tra cui Diana e Vesta e ovviamente l'altezzosa Giunone – possono resistere alla mia voce, tra i miei poteri invisibili posso eccitare il desiderio, soggiogare uomini e donne, ammaliare gli animali. E far sì che gli Olimpi mi assecondino: «Non temere, Venere, il Fato non è cambiato. I Troiani approderanno in Lazio e Ascanio, che prenderà il nome di Iulo, fonderà Alba Longa, e diverrà capostipite della più celebrata famiglia romana, la *gens Iulia*. Intanto tuo figlio ha trovato ospitalità a Cartagine, dove lui e i suoi beneficeranno di meritato ristoro».

Questo mi rincuora. Giove non può paragonare Antenore al frutto dell'amore tra me e il padre di Enea. La nostra fu una storia fugace, ma senza dubbio memorabile. Anchise era splendido, non aveva nulla da invidiare a un dio. Lo scorsi mentre pascolava giovenche sul monte Ida, quello frigio, e me ne invaghii all'istante. Scesi a Cipro, nel mio santuario che aveva sede a Pafo, perché le Grazie mi ungessero d'olio profumato e mi agghindassero con veli sensuali. Volai sul monte Ida e posai i piedi sull'erba. Mentre camminavo verso la capanna dei pastori, gli animali facevano le fusa o inauguravano i loro balletti di corteggiamento e, appena dopo il mio passaggio, si accoppiavano.

Quando apparvi ad Anchise, lui restò di pietra. Fu così facile indurlo a innamorarsi di me. Mi chiese se fossi una dea, promise che mi avrebbe onorata con un altare e sacrifici, ma io all'inizio gli tenni nascosta la mia natura, avrei reso troppo solenne il momento e lui si sarebbe potuto intimorire. Gli raccontai una frottola, inventai che ero figlia di Otreo e mi trovavo lì perché ero scappata a un rapimento: se ero giunta proprio davanti a lui, significava che Giove in persona aveva sancito la nostra unione. Inutile dire cosa accadde dopo, come quella capanna balenò di cascate d'oro e d'argento, intanto le colombe, fuori, danzavano in aerei ghirigori.

E quando tutto fu finito, mentre indossavo di nuovo i gioielli e le vesti velate che lui mi aveva tolto, mi svelai nella totalità della mia essenza. E raccomandai al pastore, che mi guardava atterrito: «Non vantarti mai con nessuno dei nostri momenti d'amore. Mai. Altrimenti te ne pentirai».

Detesto gli uomini vanagloriosi che spifferano al vento le loro – vere o presunte – imprese amorose, esponendo alla morbosità altrui momenti così intimi, solo per la gloria di apparire più importanti. Fanfaroni che non valgono nulla.

«Non lo racconterò a nessuno, giuro.»

Come molti suoi simili, Anchise non mantenne la promessa e fu presto castigato. Giove volle che il tempo scendesse inclemente su di lui, tanto che, al momento della distruzione di Troia, era ormai un decrepito infermo.

Ricordo benissimo quella notte. Enea si svegliò di soprassalto, dopo aver sognato Ettore deturpato dalle ferite inferte da Achille: il corpo dell'eroe – un tempo tanto maestoso – era tale quale era stato issato sul rogo, il giorno del funerale. Enea scese dal letto trafitto da un brutto presentimento e corse sul tetto per controllare da dove provenisse quel trambusto che gli frustava le orecchie: la città era già a ferro e fuoco. Vide la casa di Deifobo crollare nell'incendio assieme a quella di Ucalegonte, arancione per i balenii di fuoco erano i flutti del fiume Sigeo. Si precipitò dentro casa come un forsennato, indossò le armi e decise di buttarsi per strada, senza una strategia, con l'intento di combattere gli intrusi. Corse fuori e incontrò Panto, sacerdote della rocca di Apollo, che gli disse la cocente verità: dal cavallo avevano fatto irruzione tantissimi guerrieri, due di loro avevano spalancato le porte Scee per accogliere migliaia di Micenei tornati indietro da Tenedo e, intanto, il fallace Sinone appiccava incendi alle case. Ogni difesa sarebbe stata vana, tanto valeva fuggire coi Penati stretti al petto, suggerì Panto. Ma mio figlio non volle ascoltarlo, gli prese la smania di difendere la patria a tutti i costi. Si gettò nella mischia, lo seguirono compagni incontrati per strada: il valente Ilioneo, Rifeo, Pelia, il valorosissimo Ifito, poi Ipani e Dimante e molti altri tra cui il giovane Corebo che, preso da folle passione per Cassandra, commise l'errore di non ascoltare la diletta quando lei lo implorava di non venire a combattere a Troia, perché lì sarebbe morto. E infatti, poco dopo aver incontrato Enea, cadde per mano di Peneleo, nella strenua difesa del palazzo reale e della sua bella.

Intanto il clamore delle lance corrusche si levava alto nei cieli, mescolato a grida che laceravano l'udito. Osservai dispiaciuta l'antica città dominatrice mentre precipitava, sede di popoli onorati. Ovunque terrore, morte e orrore.

Mio figlio conosceva molto bene la reggia e, ancora impresso sugli occhi il volto morente di Corebo, volle salire fino alle stanze di Priamo attraverso un accesso segreto, ma vi trovò l'indicibile. Appena dischiusa la porticina arcana, Enea spiò le scene in silenzio, per capire come potesse essere d'aiuto. Le schiere nemiche già imperversavano sui pavimenti reali, entrare per Enea avrebbe significato suicidarsi. Così restò in silenzio ad assistere.

Neottolemo infuriava come un pazzo, splendido nella sua armatura di bronzo, spietato, accompagnato dal gigantesco Perifante, già auriga del Pelide Achille, e dall'armigero Automedonte, seguito dai giovani sciri. Era entrato dopo aver divelto la porta con una scure, facendosi beffe degli ululati delle donne, che piangevano aggrappate agli altari. Lo raggiunsero i due Atridi Agamennone e Menelao, ma fu lui, incurante di Ecuba e delle cinquanta nuore, a versare altro sangue: quello di Polite, uno dei numerosissimi principi. Lo trafisse con l'asta e lo portò a morire davanti ai sovrani, allibiti. Allora il canuto Priamo redarguì il giovane nemico: «Mai così si sarebbe comportato tuo padre, Neottolemo, mai con quest'empietà. Non ti può aver generato lo stesso Achille che mi restituì il corpo di Ettore ed ebbe misericordia di me supplice, perché la mia vecchiaia lo intenerì e gli fece ricordare l'amato genitore Peleo».

«Allora quando vedi mio padre, salutamelo!» rispose arrogante quello, infilzandogli il fianco con la spada.

Enea raggelò, trattenuto per le spalle dall'assennato Ilioneo. Da un lato voleva buttarsi nella mischia – il che avrebbe significato morte certa –, dall'altro lo bloccò il pensiero del padre, di Ascanio indifeso e dei cari in balìa dei nemici.

Decisi di scendere a palesarmi, per indicargli la via, era troppo sconvolto. Così lo seguii. Mentre tornava verso casa, si imbatté in Elena, principale causa della guerra troiana, la donna che con la sua bellezza aveva spaccato il mondo allora abitato, facendo nascere negli uomini il desiderio di rapirla per possederla. Ma era stata davvero colpa sua? Io l'avevo promessa come amante a Paride, per corromperlo, quando fu costretto a scegliere a chi dare – tra me, Giunone e Atena – il pomo d'oro. Così lo spaurito principe che faceva il pastore, riscattando il premio che gli spettava, la rubò al marito Menelao, che non si diede pace fino a che ebbe riconquistato quella moglie così piena di grazia, tuttavia così sfuggente.

Enea se la trovò quasi davanti, Elena, sublime e indifesa, struggente come un'epifania che dura troppo poco, mentre tornava trafelato verso casa, temendo il peggio per i suoi familiari. Lei stava in silenzio presso gli altari, col suo magnifico corpo coperto, invisa ai molti, radunando in sé tutti i sensi di colpa del creato, e desiderava soltanto scomparire.

Non so perché mio figlio, scorgendola, si caricò d'odio. Forse la considerò responsabile di ogni male. È tanto confortevole, quando si è così intrappolati, rifarsi su un capro espiatorio. Dimentico del ruolo di Paride e delle mie facoltà di dea dell'amore, Enea nutrì un profondo impeto di distruzione nei confronti della Tindaride. Come se, prendendosela con lei, avesse potuto cancellare in un colpo l'offesa alla sua città in fiamme. Perché si lasciò andare a un pensiero così meschino? Se non gli fossi apparsa all'improvviso per distoglierlo dall'istinto omicida, lui – già sguainata la spada – l'avrebbe uccisa.

Non posso biasimarlo, in fondo era soltanto un uomo. E salvai per un soffio l'incantevole spartana.

Didone

E ora dovrei credere a quest'uomo – pur con tutta la carica di eroismo che si porta appresso – quando mi racconta che gli si manifestò sua madre Venere in persona? Osservo gli altri, già in adorazione. Gli sguardi sono calamitati su Enea, mentre parla della dea come se fosse abituato a banchettare sull'Olimpo. Gli credono tutti. Tutti sono ammaliati dalla favola della dea della bellezza, della fecondità e dei baci rubati: «Venere mi apparve con una luce rifulgente e mi incitò a correre dalla mia famiglia. Mi svelò che se le disgrazie pendevano su Troia, non andavano addossate alla spartana contesa, dissipò la nube che mi ottundeva la vista e in un baleno mi rivelò che era colpa degli dèi se Troia cadeva, non degli uomini! Infondendomi una vista divina per qualche secondo, mi dischiuse la verità: Nettuno tentava di svellere le fondamenta della città e ne scuoteva le mura con le sue braccia gigantesche. Giunone furente, cinta di ferro, troneggiava sulle porte Scee e incitava all'assalto gli eserciti nemici. Vidi la tritonia Pallade in vetta a Ilio, crudele come Medusa. Perfino Giove stava dalla parte dei Greci, esultava mentre la mia città colava a picco. Mia madre mi spronò ad affrettarmi, promettendomi che sarebbe stata sempre al mio fianco. Così corsi verso la casa paterna, per ritrovare anche Creusa e Ascanio. Anchise era rassegnato a cadere assieme alla rocca. Ci invitò a partire senza di lui, invocava la morte con dignità, e a nulla valsero i nostri pianti, la nuora Creusa che gli accarezzava la calvizie implorandolo, il piccolo nipote che gli trotterellava attorno: mio padre era irremovibile».

Me lo immagino, questo piccolo cupido preoccupato per il nonno. Iulo Ascanio, che bei nomi che hai. Ora sta seduto comodamente sulle mie ginocchia e si lascia tenere la mano. Come mai questo bimbo si sta consegnando così a me? Forse sente nostalgia della sua mamma? Enea riprende, dopo aver di nuovo bevuto. Qui a corte si trangugia a volontà, la sera: «Ero disperato, mio padre non si convinceva. Mi dichiarai pronto a tornare a combattere, gli dissi che così saremmo morti tutti, impugnai di nuovo la spada e imbracciai lo scudo, ma Creusa mi si avvinghiò prospettandomi la fine imminente: che ne sarebbe stato di lei? E del piccolo Iulo? Fu a quel punto che, mirabile a dirsi, avvenne il prodigio. Una fiamma si accese improvvisa sulla testa di mio figlio, da una tempia all'altra, come se i capelli fossero diventati lingue di fuoco. Presi dal terrore, gli gettammo acqua addosso, poi ci accorgemmo che la sua chioma era intatta: il fuoco era passato senza bruciare. "Un prodigio" confermò il nonno Anchise, ma per essere del tutto convinto, si appellò a Giove e gli chiese un altro segnale».

Enea ci osserva lentamente, per sincerarsi che l'attenzione sia convogliata su di lui. A quel punto prosegue: «Ci credereste? Un fragore repentino rimbombò a sinistra e la notte fu tagliata da una stella cometa che scorreva trascinando la sua coda fulgente. Mio padre si convinse a partire».

«Davvero hai preso fuoco?» chiedo ad Ascanio, dandogli un buffetto sulla guancia, mentre un'ancella gli serve delle delizie intrise di miele e sesamo. Lui risponde con una smorfia da birbone. Noi due siamo gli unici impertinenti che ogni tanto si concedono qualche gioco di sorrisi. Ma non perdo il filo del discorso, troppo preziosa la materia narrata. E anche se credo che l'eroe troiano sia bravo a infarcire le gesta di dettagli fantastici e imprese mirabolanti, tuttavia so rintracciarvi dentro il fondo di sincerità e il dramma terribile che dovette attraversare.

In quella notte tragica finiva una civiltà. Madri perdevano i figli e mogli i mariti, immolate al nuovo ruolo di schiave. Il rombo degli incendi si portava via per sempre la roccaforte dei commerci, assieme alle antiche dinastie avviate da Dardano.

Enea racconta che avrebbe dovuto ritrovarsi con gli altri, fuori le mura, presso il vetusto tempio di Cerere, ubicato su un colle, accanto a un centenario cipresso. L'immagine che dipinge nella fantasia dei suoi uditori è degna di una rappresentazione pittorica. Questo guerriero, la cui fama sarebbe giunta al cielo, si ritrae così: indossava una coltre terminante con una pelle di fulvo leone, portava sulle spalle il carico del padre malridotto, mentre stringeva con la destra il braccio del figlioletto e intanto la moglie Creusa li seguiva. Me li immagino a evadere dalla baraonda della città, con l'affanno e il batticuore, lenti per via dei fardelli, in lotta per una sopravvivenza cui molti avevano già abdicato.

Enea assume un atteggiamento sconsolato quando ci racconta che, a un certo punto, uno di loro quattro svanì: «Non c'era più Creusa. Sparita» asseconda le parole con una gestualità sapiente, mani spalancate davanti a sé come se volesse toccare qualcosa di inafferrabile. «Guardai a destra, a sinistra, dietro... nulla. Forse si era seduta, stanca, da qualche parte? Quanti passi avevo già fatto senza di lei? Come avevo potuto non accorgermene? Accusai tutti gli dèi, mi sembrava di impazzire... affidai padre e figlio ai compagni, assieme ai teucri Penati, facendoli nascondere nella cavità di una valle, e mi avventai in una ricerca contro il tempo. Tornai in città e seguii a ritroso il tragitto già solcato. Corsi a casa, semmai la moglie vi fosse tornata, ma i Greci odiosi avevano già occupato l'intera abitazione. Così come altre dimore, le cui cime erano infiammate da vampate. Mi recai presso il palazzo del re, dove mi attendeva un altro spettacolo desolato. Ormai era tutto in mano ai Danai, vidi Giunone tutelare i portici cavi della reggia, dove sono ammucchiate le ricchezze di Pergamo: crateri d'oro massiccio, tessuti preziosi, tesori vari presieduti da Ulisse e Fenice. Osservando in disparte, nell'ombra, scorsi molti volti conosciuti tra le fila dei giovani, maschi e femmine: vite interrotte, bottino di guerra. Lo strazio di un futuro in schiavitù aveva deturpato i loro volti. Ma Creusa non stava nemmeno lì, nel palazzo del padre, quindi ripresi la corsa e, seppure incauto, la chiamai a gran voce tra le strade buie e le case arse della città.»

La voce di Enea si è tinta di venature angoscianti. Mia sorella Anna ha gli occhi lucidi, mentre il troiano incede verso un epilogo che noi tutti già conosciamo. Ma quanto dolore ascoltarlo se viene rievocato da chi l'ha vissuto sulla propria pelle: «Arrancai come un dissennato, finché non mi appare davanti la sposa, ma non in carne e ossa, bensì era il suo simulacro, alto ed evanescente: "Amore mio, perché ti sbrani il cuore e le membra nell'insensata ricerca di colei che non rivedrai mai più?". Così mi si rivelò Creusa, con occhi tristi, e aggiunse, come se fosse rassegnata al punto che ogni lacrima sarebbe stata superflua: "La mia strada accanto a te si interrompe stanotte, ciò hanno deciso gli dèi e il sommo Giove. Ti attendono lunghi esili, consumati soprattutto sul mare viola, la tua meta è in terra d'Esperia, altrimenti detta Italia, esattamente dove confluisce il corso del Tevere etrusco: là fonderai il tuo regno e ti sposerai con una principessa latina. Non stare in pena per me, grande consolazione è che io, dardanica stirpe reale, nuora della diva Venere, non finirò schiava di donne greche e resterò sepolta qui, nella mia terra". Tacque per sempre, eppure mi guardava. Tre volte cercai di abbracciarla: tre volte la sua immagine si dileguò nel movimento vuoto, come in un sogno alato».

Ascanio piange, gli asciugo le lacrime. Perché rinnovargli la sofferenza invano? Avrei anche fatto a meno di udire questo addio lacerante. Sarebbe bastato dirci che aveva perso la moglie nel caos della fuga: perché tanto teatro? So benissimo, come stratega, quanta importanza abbia l'esteriorità rispetto alla sostanza, nelle questioni diplomatiche. E ora Enea è in missione diplomatica: mi vuole dimostrare quanto sia giusta la nostra scelta di accoglierli. Che ne ha patite tante, che gli spetta un po' di ristoro. E ristoro sia, mio eroe semidivino ossessionato da ciò che gli è capitato.

Ci racconta come, radunata una moltitudine di uomini e donne, si incamminò col padre sulle spalle attraverso i monti, verso il declivio di Antandro e i gioghi del monte Ida, dove, su una flotta, salparono tutti assieme verso nuovi lidi, portandosi dietro i frigi Penati.

Era primavera, i venti li assecondavano.

Giunsero nella penisola tracica detta Chersoneso, terra sacra a Marte, dove credettero – ingenui! – di poter fondare una nuova nazione. Enea sa stupirci anche stavolta: «Avevamo appena deciso dove edificare le prime mura e il nome della nuova città: l'avremmo chiamata Eneada, in mio omaggio. Come da tradizione, mi accingevo ai sacrifici alla madre dionea e ai numi auspici, mancava soltanto di immolare a Giove un magnifico toro. Servivano tralci per gli altari e salii per un'altura, lì accanto, dove avevo scorto cornioli e mirti. Proprio a uno di essi spezzai un ramo e avvenne un nuovo prodigio: dall'arbusto spezzato sgorgavano gocce di scuro sangue, incredibile a vedersi. Fluivano lentamente, sporcando il suolo, e io rabbrividii. Ma ancora non ci credetti e strappai dal mirto un'altra fronda: di nuovo fluì nero liquore. Che stava succedendo? La terza volta l'arbusto non solo sanguinava, ma emise anche una voce simile a un lamento: "Perché mi spezzi, o Enea? Perché fai scempio dei miei rami, che un tempo furono corpo? Fuggi finché sei in tempo da questi lidi funesti. Io sono Polidoro, ti ricordi di me? Fratello di Creusa, anch'io figlio di Priamo. Il padre mi assegnò a Licurgo, un tempo signore di queste contrade, accompagnato da forzieri colmi di ricchezze. Pensava di preservarmi dai combattimenti della guerra di Troia, l'inconsapevole Priamo, invece, mi assegnò in sorte un destino assai peggiore. Quando l'avidissimo Licurgo capì che le sorti di Troia erano decise e la fortuna ci aveva voltato le spalle, fece il gran voltafaccia e prese le parti di Agamennone, ignorando le leggi umane e divine: in un colpo tolse la vita al mio corpo che giace qui insepolto e si impadronì delle ricchezze"».

Cala un silenzio cupo sul grande salone, gli astanti spalancano la bocca terrorizzati, io stringo Ascanio tra le mie braccia. Enea riporta come si allestirono le esequie a Polidoro: un monticello di terra per il tumulo, si innalzarono ai Mani altari addobbati con bende livide e nero cipresso. Le donne, sciolti i capelli, parteciparono al rito: si offrirono per il morto tazze di latte bianco e coppe di sangue appena versato. Così sigillarono l'anima nel sepolcro e a gran voce urlarono l'estremo saluto.

Gli animi si distendono soltanto quando la dispensiera propone che si versi una bevanda fermentata a base di fichi. È un donnone maestoso, la dispensiera, e sa fare i conti meglio di un uomo, conosce esattamente il numero di greggi a famiglia e calcola quante provviste basteranno per le prossime stagioni.

Il capo troiano, dopo aver attinto alla coppa, ricomincia la storia dal punto in cui l'aveva interrotta: «Ci dirigemmo a Delo, consacrata ad Apollo, dove fummo accolti dal re Anio che riconobbe mio padre, e invocammo l'oracolo del dio. Giunti al suo tempio chiedemmo quale sede ci riservasse il viaggio e in ginocchio attendemmo un responso. Ci giunse una voce alle orecchie – era il dio Febo stesso! – che ci incitava a cercare "l'antica madre". Queste le sue parole. Mio padre Anchise meditò che "l'antica madre" fosse Creta, dove era approdato il nostro progenitore Teucro, trovando la sede del suo regno, anni e anni prima che Ilio venisse fondata. Qui – dove abitava la Madre Cibele e dove erano i bronzi dei Coribanti – risiede un monte Ida omonimo a quello frigio, luogo importantissimo, perché ci fu allevato Giove. Così immolammo un toro a Nettuno, uno a Febo, un'agnella nera a Tempesta e una candida a Zefiro favorevole, poi puntammo verso Cnosso».

Mia sorella si siede accanto a me, approfittando di un momento di pausa, anche i Troiani si stanno ristorando. Vengono serviti chicchi d'uva su un vassoio d'oro e Ascanio sceglie i più grossi per me, mentre le schiave riprendono le danze sinuose.

«Com'è affettuoso il bimbo!» commenta Anna, senza che Ascanio la senta.

Annuisco: «Non so perché mi ha presa così a benvolere... Forse gli manca la sua mamma».

«Oppure ti percepisce come familiare.»

«In che senso?» le domando puntandole gli occhi in faccia. Diversamente da me, lei ha due occhi truccati ad arte, che un colore verde rame fa sembrare ancora più grandi. Sbatte le ciglia lunghe: «Vuoi saperlo davvero?».

«Sento che stai per dirmi una sciocchezza» le sorrido.

Lei si avvicina al mio orecchio e sussurra: «C'è qualcosa in te, che ricorda Enea. Potreste essere fratelli...».

«Sei pazza?»

«Stessa altezza, stessi zigomi, stesso naso dritto. Tu però hai dei bellissimi capelli neri che ti arrivano fino alle cosce, mentre lui ha una chioma color cannella!» e si mette a ridere con grazia.

«Sciocca sorella» le rispondo, attingendo un sorso della mia bevanda di fichi fermentati.

«Non sto affatto scherzando. Non dico che siete uguali, lui è un uomo, tu una donna. Ma vi assomigliate, nei tratti, molto più di quanto ci assomigliamo io e te.» Effettivamente io e lei non sembriamo figlie degli stessi genitori. Io sono identica a mio padre, lei ricorda una nostra bellissima zia dai capelli gonfi e morbidi, dal mento sfuggente che faceva spiccare un volto scolpito ad arte, un naso deciso, gli occhi da cerbiatta.

La musica poco dopo si interrompe di nuovo per dare modo all'ospite di riprendere la sua epopea. Ci riferisce come arrivò a Creta, convinto di erigere una nuova patria – addirittura chiamò Pergamo la capitale – ma, quando già le navi erano in secco sulla riva, si riversò su di loro una mortifera pestilenza che falciò ogni residuo di speranza: «Mio padre Anchise avrebbe voluto tornare di nuovo all'oracolo del dio arciere, a Ortigia, ma per fortuna di notte mi visitarono i Penati e riferirono la volontà veritiera del dio: "Ci manda Apollo al tuo cospetto" mi dissero. "Mai ha inteso mandarvi a Creta. Dicendo di cercare 'l'antica madre' si riferiva all'Esperia: in questi luoghi nacque Dardano e Iasio padre, da cui discende la stirpe troiana. Riporta le nostre parole al padre, riferisci che ha sbagliato a intendere il messaggio, salpate e fate che le gonfie vele vi facciano volare presto verso i lidi italici." Mi svegliai di soprassalto, fradicio di gelido sudore, corsi dal padre e gli raccontai lo strano sogno – che poi somigliava a realtà –, forse i Penati mi erano davvero apparsi ai piedi del letto? Anchise ricordò che Cassandra l'aveva profetizzato, la povera Cassandra, mai creduta da nessuno.

«Così riprendemmo il mare, ma gli dèi erano ancora avversi. I venti crearono un maroso devastante con flutti giganteschi e nubi squarciate da fulmini. Vagammo nell'ombra di un cielo completamente coperto per tre giorni e tre notti, finché il quarto giorno apparve terra in lontananza, puntellata di montagne. Ammainammo le vele per avvicinarci, convinti di trovare un po' di pace. Invece eravamo indotti in errore...».

Enea sa di avere nel sacco una storia interessante ed è capace di calibrare le parole, modulandone la musicalità. Forse delle volte si dilunga troppo, ma è comunque un piacere udirlo. Mentre la sua voce fluttua nella stanza, scruta con gli occhi gli ascoltatori, si capisce che è abituato ad avere attenzione assoluta, come si confà a un re. Mi sembra che il suo sguardo ogni tanto si posi su di me con più intensità rispetto agli altri, ma forse è solo suggestione. Lo osservo ripensando alle parole di Anna, c'è qualcosa in lui che mi ricorda me, forse solo il naso o la maniera dritta di tenere le spalle, come se fossimo sempre in allerta. Ora parla delle Strofadi, isole insidiose dove trovarono armenti di buoi disponibili e greggi di capre che sembravano brucare in attesa di naviganti affamati, solo per diventare loro cibo. E infatti i Troiani li ammazzarono, fecero i dovuti sacrifici, ma quando cominciarono a banchettare avvenne l'inverosimile. Enea lo descrive come se fosse un evento possibile: «Ci stavamo godendo le laute vivande quando vedemmo scendere qualcosa dal declivio del monte. All'inizio sembravano enormi volatili con gran sbatter d'ali, ma presto ci rendemmo conto che erano terrificanti creature dal volto di donna e dal corpo piumato d'uccello: in Grecia le chiamano Arpie. Uno spettacolo indecente: mentre attentavano ai nostri pasti con l'aggressività famelica degli animali, gridavano versi striduli e sembravano gracchiare perfino con l'agitarsi delle ali da avvoltoio. Puzzavano come carogne e, come fanno tutti gli uccelli, defecavano ovunque».

La sorella Anna mi si avvicina di nuovo all'orecchio: «Mi viene da vomitare, i chicchi d'uva mi tornano su assieme all'intera cena».

La redarguisco con un'occhiata, non voglio perdermi nemmeno un passaggio di questo incontro avvincente. Ci avrei scommesso che Enea avrebbe tirato in ballo qualche elemento soprannaturale.

«Spostammo il cibo rimasto, per imbandire in un luogo nascosto, sotto una rientranza, una grotta protetta da una piccola radura ombreggiata, dove allestimmo le are e accendemmo il fuoco: confidando che gli alberi ci nascondessero. E invece nulla sfuggì alle malefiche, che di nuovo, sgradevoli, irruppero facendo dilagare il loro tanfo e insozzando tutto con le loro deiezioni. Impugnammo le armi per attaccarle, ma che strane battaglie, le Arpie sembravano indistruttibili: anche se le si colpiva non si poteva ferirle, le piume non si macchiarono nemmeno di una goccia di sangue. Si scansarono da noi e una di loro, la più furiosa, volata su un'alta rupe, ci gridò: "Io sono Celeno, invasori sciagurati! Come avete osato depredare i nostri buoi e le nostre greggi? Volevate portarci guerra e scacciarci dal nostro regno? Stolti Troiani, avete sbagliato meta. Vi attende l'Italia e lì giungerete, ma attenti a ciò che vi vaticino: prima di riuscire nella vostra impresa, patirete una fame tale che vi ridurrà al punto di consumare con le mascelle le vostre stesse mense!". D'un colpo, tutte sparirono lasciandoci sgomenti. I compagni volsero l'impulso bellico in preghiere, mentre Anchise, alzate entrambe le braccia, scongiurò gli dèi di dileguare una tale sventura.

«Ripartimmo afflitti e non ci godemmo il panorama pregevole, isole lambite dal mare azzurro, il cuore ancora ottenebrato dal pericolo scampato: costeggiammo Zacinto, Dulichio, Same e Nerito dalle rocce altissime. Evitammo Itaca, patria dell'odioso Ulisse che tanti guai arrecò a Troia, e puntammo su Azio, in cerca di una pace con gli dèi. Qui il tempio di Apollo ci allietò gli animi, qui, coi corpi denudati e unti d'olio, decidemmo di purificarci con giochi iliaci.»

Lo schiavo addetto agli ingressi mi comunica di soppiatto che è giunto Iarba alle porte del palazzo. La Fama – vale a dire gli irrefrenabili pettegolezzi delle persone – gli avrà fatto sapere della presenza dell'eroe. Chiedo che ricomincino le musiche, così gli ospiti si ristoreranno un po', il loro capo riposerà la voce e io risolverò le mie grane. Mi ritiro in un luogo appartato con la sorella Anna e le espongo il problema, lei mi elenca le possibilità: «Non abbiamo molta scelta. O lo facciamo entrare o lo mandiamo via».

«Non voglio che entri, creerebbe solo confusione e magari coglierebbe qualche pretesto per infastidire i miei ospiti. E poi non voglio condividere questi momenti con lui.»

Mi guarda coi suoi occhi grandi e dolcissimi, mentre si sistema una ciocca di capelli neri sotto a un velo adornato di agate verdi. Mia sorella è molto più principesca di me.

«Hai ragione, Didone. Ma se lo cacciamo se la prenderà. Sai come è suscettibile...»

«Lo so, però non mi va di vederlo e mostrarmi gentile. Mi sta dando fastidio questa sua insistenza.»

«Mi sembri molto decisa a chiudergli i portoni in faccia...»

«Bisogna mandargli un segnale forte, Anna: questa non è la sua reggia.»

«Va bene, cara sorella, allora non ti preoccupare. Gli parlerò io, troverò il modo per non farlo adirare. Tu torna in sala e ascolta le grandi imprese di un popolo che ha segnato la storia.»

Non so come farei senza di lei. Siamo cresciute assieme e, anche se ha pochi anni meno di me, sembra la più saggia. Molti principi berberi l'hanno adocchiata, ma la tengo alla larga da tutti: so che le donne non sono considerate all'altezza di un giudizio, ma io voglio che sia lei a scegliersi l'uomo con cui condividere l'esistenza. Se qualcuno conoscesse i miei intenti, mi prenderebbe per pazza. I matrimoni sono stipulati sulla base della convenienza e del rango e io mi domando: com'è possibile che si uniscano in nozze due persone senza indagarne la compatibilità? Due persone che condivideranno abitazione, che procreeranno, che si respireranno addosso ogni notte? Con Sicheo sono stata fortunata, ma non dimentico i lamenti delle mie cognate o delle giovani parenti accasate per scelte politiche. Molte venivano ignorate, umiliate, percosse, magari maltrattate dai mariti e dalla suocera che, dalle nostre parti, ha precedenza assoluta fino alla morte. Anna si sposerà con l'uomo che vorrà. Mio compito è preservarla dalle orde di rozzi pretendenti. E intanto mi affianca come preziosa consigliera, ruolo considerato inaudito per noi inaffidabili femmine.

Torno nel salone e si fermano i rumori. Mi accomodo al mio posto regale, mentre, con un cenno, propongo all'ospite di proseguire la narrazione.

Trascorso un lungo anno, i Troiani in fuga ripresero il mare fino alle coste dell'Epiro e ormeggiarono nelle terre caonie, dove li attendeva un'incredibile sorpresa, così dice Enea: «In questa città greca trovammo un principe troiano, Eleno, che era entrato in possesso sia dello scettro sia della sposa di Pirro. E sapete chi era costei?».

Scossi la testa impaziente, che ce lo dicesse, questo nome. Sorseggia altro vino. Come sapeva tenerci sulle spine!

«Era Andromaca, la moglie di Ettore, figlia di Eezione, convolata a nuove nozze con Eleno. Prima era stata schiava di Pirro che aveva abusato di lei e poi aveva preferito unirsi a Ermione, figlia di Elena, bellissima per stirpe, sebbene mai quanto sua madre. Quando scorsi da lontano la principessa troiana, lei stava libando nei pressi di un bosco, dinanzi alle mura di una città che ci fece arrivare un colpo al cuore: era tale e quale la nostra Troia bruciata per sempre, soltanto più piccola. Aveva un ruscelletto come un falso Simoenta e, all'ingresso, erano state intagliate delle porte Scee in miniatura. Che effetto strano rivedere, in quella terra estranea, le vestigia della patria perduta! Di Andromaca ricordavo la dedizione a quel primo defunto marito su cui pesava la gloria della difesa troiana: Ettore, come molti dei suoi, era stato immolato alla causa della guerra, mentre il figlioletto Astianatte era stato ucciso. Da quei momenti luttuosi Andromaca non era stata più la stessa e anche in Epiro mi sembrò che vivesse in una dimensione altra, riversa sul passato, intenta a ricordare i tempi d'oro, protesa ad accudire il vuoto tumulo di Ettore e i due altari contigui, sui quali versava lacrime ininterrotte e grida da far accapponare la pelle. "Enea, sei tu? Sei vivo?" mi domandò con voce trasognata quando si accorse di noi. "O sei morto? E se non respiri più, se sei un'ombra... perché non c'è Ettore qui con te, dov'è il mio primo, amatissimo sposo?" Le spiegai perché ero lì, il lungo viaggio, lei mi rispose, con gli occhi fissi al vuoto, che era divenuta moglie di Eleno e ora regnavano su quella piccola Troia, vivendo come se si fosse cristallizzato il passato lontano.

«Ci accolsero con affetto e permisero che le nostre membra si ritemprassero, finché, sacrificati i giovenchi di rito, Eleno indossò le bende d'indovino e, ispirato da Apollo, ci profetizzò di nuovo di cercare l'Italia. "Figlio della dea" così si rivolse a me in veste di veggente "la meta è ancora lontana, ma non disperare. Conoscerai i laghi degli Inferi e lambirai l'isola di Circe, vagherai per mari sconosciuti, attraverserai le insidie di Scilla, dal volto di fanciulla amabile e dal corpo di mostro, scamperai a Cariddi, che tre volte risucchia l'acqua del mare e altrettante la scaglia, creando onde così alte che flagellano i cieli. Poi chiederai responsi alla Sibilla Cumana e – mi raccomando! – non temere di spendere là il tuo tempo, la posta in gioco è alta. Apollo invita a onorare sempre gli dèi e in particolare l'invisa Giunone, potentissima come amica e come nemica. Bisogna piegarla a parteggiare per i Teucri, omaggiatela di supplici doni. Un giorno lei vi vorrà bene, ma occorre pazienza. L'importante è che arriviate nel luogo predetto e questo è il segnale, custodiscilo nell'animo: capirai che sei approdato proprio quando crederai di aver perso tutte le speranze. Allora, presso la riva di un fiume mai visto, scorgerai sotto gli elci una grande scrofa bianca, che allatta trenta piccoli appena partoriti, anch'essi bianchi come il latte. Lì fonderai la tua città, quello sarà il porto dei vostri affanni. Non dar peso alla predizione dei puzzolenti uccellacci: come molte persone malvagie, le Arpie gridano al vuoto solo per liberarsi del proprio dispetto."»

Enea elenca i ricchi omaggi con cui Eleno dimostrò la propria generosità. Le navi furono caricate di oggetti d'oro e avorio intagliati, argenti e bacini dodonei, poi una corazza con maglie auree e un elmo dalle creste chiomate, appartenuti a Pirro. Ad Anchise regalò cavalli con rispettivi cocchieri, mentre sua moglie porse al piccolo Iulo vesti istoriate di aurei ricami assieme a una clamide frigia: «"Ascanio, bello come il sole, quanto mi ricordi il mio Astianatte, che non rivedrò mai più. Avrebbe la tua età se fosse ancora vivo... Prendi questi doni, almeno tu che sei sopravvissuto..." Con queste parole struggenti ci lasciammo, i miei saluti furono per loro e per noi all'insegna dei migliori auguri».

Ascanio non si intimorisce mentre Enea racconta dei Ciclopi, di come i suoi approdarono inconsapevoli nelle loro terre incupite da oscuri monti. Prima di attraccare, avevano trascorso in mare una notte sereni, dormendo beatamente. Tutti, tranne il nocchiero Palinuro che presagiva una nuova calamità. Non riusciva a prender sonno, annusava l'aria, esplorava i luoghi di cui cominciava a non fidarsi, scrutava il firmamento con la sua lorica d'oro, laddove rifulgevano Arturo e le Iadi piovose e le Orse e Orione.

«Quando avvistammo l'Italia, Anchise festeggiò a modo suo: posta una corona su un grande cratere, lo colmò di vino e pregò gli dèi. Fummo rincuorati quando entrammo in un porto e, come auspicio, vedemmo quattro cavalli bianchi pasteggiare di erba, in una vasta distesa. Mio padre ci confuse, perché interpretò la cosa come duplice: i cavalli significano guerra, perché sorreggono chi combatte, ma anche pace, perché portano il giogo. Qui compimmo i riti dovuti: pregammo Pallade con devozione e bruciammo gli onori comandati alla dea delle dee, a Giunone, purtroppo per noi mille volte ancora infausta.»

Giunone

Spiai i profughi mentre volgevano le prue verso il golfo di Taranto, dove oltrepassarono le rocche Caulonia e Scilaceo, in un punto dove – se si sa ascoltare – si percepisce il respiro inquietante del mare e le secche che ribollono. Navigarono oltre. Sapevo che le biremi non si sarebbero infrante contro uno degli scogli aguzzi percossi dalle onde e sapevo anche che il nocchiero Palinuro, volgendo a sinistra la prua, stava per addentrarsi nel regno dei pericolosissimi Ciclopi, vicino all'Etna che rimbomba come la bocca di un mostro e talvolta erutta all'improvviso una nube cerulea e, dietro, fumi di pece e di faville ardenti. Oppure vomita pietre e fiamme che quasi toccano le stelle. I Teucri si accostavano ignari.

Sarebbe bastato un mio cenno per dirottarli altrove.

Ma rimasi impassibile a osservare.

Si fermarono lì la notte, protetti dai boschi, almeno così credevano, sotto un cielo cupo, ma non dormirono sonni tranquilli, vennero disturbati dagli scoppiettii e forse dalle urla di Encelado, tracotante come gli altri amici suoi Giganti. Osarono scontrarsi contro noi dèi dell'Olimpo – ai tempi della famosa Gigantomachia –, ed Encelado, quasi bruciato da un fulmine, per punizione venne incastrato sotto l'Etna, ecco spiegato il tormento di queste terre in continuo sommovimento: quando lui cerca di muoversi, oppresso dal pesante fardello, trema la Trinacria intera; mentre quando respira o grida, stimola l'attività indefessa dei lapilli.

I Teucri non sospettavano che quelle zone fossero abitate da empie creature con un occhio solo e alla mattina, appena Aurora insabbiata d'arancione soffiò via l'umida ombra, si domandarono chi fosse mai quell'uomo scorto da lontano che si approssimava a loro, connotato da un'impressionante magrezza. Quando si avvicinò, palesò lo squallore dell'aspetto: lurido, la barba lunga e incolta, le vesti lacere e sbrindellate da spine. Ma erano vesti greche e i Teucri lo inquadrarono subito come nemico, e non uno qualsiasi: era uno dei guerrieri salpati contro Troia. Una delle ragioni della loro rovina. Anche lui li riconobbe e trascorsero qualche secondo in silenzio, avevano tutti alle spalle guerra, sangue, risentimento, polvere. E la grande incognita della morte.

Questo greco mi rovinò i piani.

Essendo Polifemo così furente per colpa di Ulisse, speravo che riversasse contro i nuovi ospiti tutto il suo livore. Gli bruciava ancora l'occhio infilzato e si svegliò, nel cuore della notte, schiaffeggiato dall'incubo dell'agguato. Sentiva lo sfrigolio del palo rovente dentro al bulbo vilipeso, la costernazione, cui poi si era aggiunta l'immensa solitudine. Non poteva più vedere l'abbondanza delle amate capre, la morbidezza delle forme di ricotta che appendeva nella grotta, il colore del latte appena munto. I suoi fratelli lo deridevano, ricordandogli che «Nessuno» lo aveva accecato, quindi che aveva da lamentarsi?

Se i Troiani fossero penetrati verso l'interno, inconsapevoli del grande pericolo, e lo avessero incontrato, certo lui si sarebbe vendicato contro di loro, incurante che non c'entrassero nulla. Invece arrivò questo disgraziato in cenci e li avvertì: «Ammazzatemi, se volete, ammetto di aver partecipato alla guerra di Troia. Ma vi prego, per le stelle e per gli dèi dell'Olimpo, prima portatemi via di qui, assieme a voi! Non lasciatemi in questo posto malefico, piuttosto issatemi sulle navi e fatemi annegare, scaricandomi in alto mare, almeno verrò ucciso da uomini!».

«Chi sei, greco?» domandò Ilioneo.

«Mi chiamo Achemenide, itacese, combattei al seguito di Ulisse che finì qui, dove vivono gli immondi Ciclopi, e venni imprigionato nella grotta di Polifemo assieme al mio re e agli altri compagni. Quante ne ho viste!» E qui cominciò a piangere disperatamente. «Quel mostro è altissimo, brutale, fa paura solo a guardarlo! Si alimenta di carne umana e nero sangue, ho visto sei compagni sfracellati contro le rocce della sua grotta infernale: dopo averne strappato brutalmente le membra, se li è divorati famelico. Per salvarci, Ulisse ha trovato un'astuzia: prima gli abbiamo somministrato del dolce vino che lo stordisse, poi, mentre lui dormiva profondamente, vomitando rutti e siero digestivo assieme a lacerti dei compagni, io e dei soldati scelti ci siamo avvicinati con un legno d'olivo arroventato e gli abbiamo trapassato l'occhio. L'indomani, grazie a una nuova trovata dell'astuto Ulisse, siamo riusciti a fuggire via da quella caverna: ci siamo nascosti legati sotto le pecore. Ma io sono rimasto indietro, i compagni si erano scordati di me.»

«Da quanto tempo sei qui?»

«Son già tre volte che la falce della luna si riempie da quando io, abbandonato, trovo rifugio nelle selve e nei rovi, cibandomi di bacche e pietrose corniole, non sentendomi mai al sicuro. Ma voi fuggite, prima che potete! Altrimenti troverete soltanto guai! Non è solo Polifemo il rischio mortale: qui vivono altri cento orribili Ciclopi, che, se vi vedessero, vi farebbero diventare all'istante lauto pranzo!»

Così Achemenide si guadagnò la fiducia dei Dardanidi, che corsero verso gli attracchi per imbarcarsi in fretta assieme al reietto, non appena intravidero da lontano la sagoma di Polifemo, immane, terribile a vedersi, con grida che facevano raggelare il sangue. Lo sentirono i suoi fratelli, alti come querce smisurate, e si radunarono veloci, col loro unico occhio torvo.

Avrei tanto voluto fare uno scherzetto ai fuggitivi, tipo slacciare le funi con cui avevano ormeggiato le navi prima che le raggiungessero e far sì che queste prendessero il largo vuote: che smacco, per loro, restare in balìa di tanti Ciclopi ingordi, con l'acquolina in bocca!

Ma non potevo, mio marito Giove non me lo avrebbe perdonato. Già mi immaginavo Venere andare a lagnarsi coi suoi mugugni da gatta in calore e ottenere ciò che vuole. Giove è sempre tanto indulgente con le persone deboli, mentre non sa ammirare la risolutezza che è in me. Ai maschi piacciono le donne fragili molto più di quelle forti, perché, mentre le seconde li obbligano a misurarsi coi propri limiti, le prime, col proprio esangue bisogno di consolazione e le richieste di protezione, fanno credere loro di essere valorosi.

Avrei voluto che finisse tutto in rovina, invece i Troiani hanno accolto il greco, facendolo diventare uno di loro e dimostrando che, deposte le armi, una collaborazione tra nemici può sortire salvezza per entrambi i contendenti. E scivolarono via sul mare, forzando i muscoli sui remi a spingere le concave navi.

Didone

Enea continua il racconto, mentre cerco di non farmi scoprire distratta, preoccupata come sono per la sorella Anna che non torna. Forse Iarba sta praticando con lei i suoi modi insistenti?

Finalmente la vedo apparire oltre l'architrave di ingresso, il velo fissato sui capelli fluttua nell'aria ai suoi movimenti aggraziati, i braccialetti aurei e di madreperla tintinnano a ogni passo. Mi lancia un segnale di assenso come per dire: «È tutto sistemato». Posso riconsegnare la mia attenzione a Enea, che racconta come le navi frigie avessero oltrepassato Ortigia, poi Gela dal fiume impetuoso, quindi Agrigento vigorosa di mura imponenti, e Selinunte ricca di palme, fino a giungere al porto di Drepano: «Fu una tappa triste, perché lì persi mio padre Anchise. E, con lui, i saggi consigli che mi aveva sempre dispensato. Ero distrutto dal lungo viaggio ma, soprattutto, piagato dal dolore imprevisto: nessuno, né Eleno né l'arpia Celeno me lo avevano predetto. Chi viene colpito da una saetta improvvisa ne sarà ferito più a fondo».

Cala il silenzio sulla sala. L'ospite sembra affranto, si merita riposo. Invito tutti a recarsi a ricevere un sonno ristoratore e, prima che si ritiri, Ilioneo mi lancia uno sguardo strano, che non riesco a decifrare.

Dalle nostre parti non è d'uso che gli uomini e le donne si guardino troppo a lungo.

Eppure mi addormento coi suoi occhi sulle guance.

Dopo che Aurora inonda il cielo col suo scialle d'ocra e arancio, giunge Anna a darmi il buongiorno, come da consuetudine. Mi porta un infuso di orzo accompagnato da vivande di cereali al sale e consuma con me il primo pasto della giornata. Sorseggio il mio infuso in un insolito silenzio, lei mi scruta: «Stai bene, Didone?». Anche lei ha smesso di chiamarmi Elissa. Come se la nostra anima antica non esistesse più.

«Sì, perché me lo chiedi?»

«Non lo so, hai uno sguardo assente.»

«L'ultima parte del racconto di Enea mi ha procurato una profonda amarezza. Speravo che Anchise fosse ancora con loro...»

«Non hai notato che sono tutti giovani, i visitatori?»

«Magari i più attempati sono rimasti alle navi...»

«Anchise doveva essere molto stanco.»

«Forse. Ma dimmi, piuttosto: com'è andata con Iarba?»

«Bene.»

«Perché ci hai messo tanto a tornare, allora?»

Mi sorride come per prendere in giro la mia tendenza a preoccuparmi troppo per i dettagli e risponde: «Sono passata in dispensa a controllare che ci fosse abbastanza zafferano per regalarne un po' agli ospiti, quando ripartiranno».

«La loro storia ti ha intenerita?»

«Sì.»

«Tu credi a tutte le parole di Enea, Anna?»

Non ho fame, non mangio nulla. Mi alzo e impugno una spazzola, per pettinarle i lunghi, morbidi capelli. Anche questa è una nostra abitudine consolidata, non sono mai le schiave a occuparsi della nostra bellezza: ci acconciamo, laviamo e trucchiamo reciprocamente. Almeno, io trucco lei.

«Sì, ci credo. E scommetto che tu, invece, credi a tutto tranne alle parti divine.»

«Brava sorellina. Credo che Enea infarcisca quei passaggi con un po' di fantasia.»

«È un uomo valoroso, non si può negare.»

«Certo, Anna. Ha combattuto il conflitto più famoso dei nostri tempi. È prode, ha sani principi...»

«È paziente: ha portato sulle spalle il padre infermo, mentre trascinava il bimbo attaccato al braccio.»

«...dimentico della moglie, ovviamente dietro di lui. Perché quello è il posto delle donne, vero? Sempre che sia andata veramente così.»

«In che senso?»

«Se lui l'avesse volutamente lasciata a Troia?»

«Didone! Come puoi essere così cinica?» mi accusa, con tono un po' scherzoso. Mia sorella mi vuole bene come una madre e una figlia assieme.

«Rifletti. Certo gli farà comodo essersi liberato di lei per costruirsi una nuova storia altrove.»

Tace pensierosa. Continuo a spazzolarla con dolcezza. Al contrario di quelli di mia sorella che sono docili, i miei capelli sono dritti, non danno molta soddisfazione a maneggiarli, restano sempre uguali. Rispondo con pacatezza: «Non sono cinica, Anna: è una possibilità».

«Vuoi mettere in discussione la gloria della stirpe?»

«Davvero tu credi che Venere sia scesa tra i mortali, dopo aver scelto un pastorello troiano, e gli si sia donata così? Non ti sembra una favola forzata per ingigantire la figura di Enea?»

«Mi sembri troppo critica, Didone.»

«Lo sono. Gli eventi mi hanno costretta a dubitare di ogni cosa.»

«Hai ragione, sorella adorata. Però pensa a quale grande personaggio è piombato a palazzo. Sarebbe un immenso vantaggio per il nostro popolo se lui restasse qui.»

«Ti sei innamorata dell'ospite, Anna mia?»

«Sciocca...»

Adoro la sua risata da ragazzina, ma mantengo un'espressione seria, rimarcando le insidie della mia posizione: «Che vantaggio ne trarrei, facendo infuriare Iarba?».

«A Iarba penserò io. I Troiani ne hanno passate tante e i Getuli, i Numidi, i Sirti e gli altri abitanti della Libia lo sanno: se Enea e i suoi restassero qui con noi, i Libici non ti muoverebbero mai guerra, per paura di un avversario così prode. Qualora lo facessero, avrebbero la sconfitta garantita.»

«Sicura? Siamo circondate, Anna: attorno abbiamo Iarba e i suoi alleati, a sud una regione desolata dove imperversa la sete. E non dimentichiamo i furenti Barcei.»

«I Troiani sono dei veri guerrieri. Purtroppo arrivano da un lungo allenamento...»

Poso la spazzola sulla mensola e impugno una statuetta con la testa di Giunone. La scoperchio per intingervi dentro l'indice ed estrarre un po' di unguento che mi spalmo sul collo: «Mi stai proponendo di sposare Enea per proteggere il nostro popolo fenicio? Sai bene che dopo Sicheo ho disdegnato le seconde nozze».

«Vuoi restare fedele alle ceneri di tuo marito per sempre? Tu non pensi che i morti si curino di quello che accade qui...»

Scuoto la testa rattristata. No, i morti non se ne curano, perché i morti non ci sono più. Anna, già dispiaciuta per avermi sgonfiato il cuore con quell'ultima frase, mi prende la mano con amorevole cura: «Didone, sei giovane e piena di forza. Vuoi forse rinunciare alla gioia dei figli e ai doni di Venere?».

«Non parlarmi di figli come se una donna che non ne ha fosse una donna a metà. Sai che non posso averne.»

«Scusami, dimenticavo ciò che hai passato con Sicheo e con quell'arpia senza cuore di tua suocera. Ma non è detto che tu...»

«Se proprio vuoi convincermi a sposare Enea per i figli, usa come motivazione il piccolo Ascanio.»

«Ti sei affezionata a quel bimbo, vero?»

«Moltissimo. Non so come mai mi abbia fatto questo effetto. L'idea di non vederlo più, un giorno, mi spezza il cuore.»

«Potrai spupazzartelo finché i Dardanidi resteranno qui.»

«Ora è inverno, non partiranno nell'immediato, li impedisce il piovoso Orione, senza contare che devono ancora riparare le navi. Ci vorranno settimane, ma prima o poi tornerà la primavera.»

«E tu prolunga l'indugio. Trova il modo. Magari nel frattempo capisci quanto sia affascinante lo straniero che, come un dono divino, è stato scaraventato sulle nostre spiagge. Certo, se lui ti chiedesse di sposarlo, risolveremmo tanti problemi...»

Che Enea abbia un suo fascino, non lo nego. Sa raccontare le storie come nessuno, anche se perde il senso del tempo. Porta incisa sul volto la pazienza di chi non si arrende. Come se il Fato gli avesse affidato il ruolo sbagliato e lui si fosse impuntato a recitarlo. C'è qualcosa nel suo viso che me lo fa indovinare, forse lo sguardo di chi sembra crollare sotto il peso di un fardello troppo gravoso. O forse il naso dritto, Anna dice che ci assomigliamo.

Io e la diletta sorella ci salutiamo con il solito abbraccio affettuoso. Come farei senza di lei? L'ho protetta da quando era bambina, eppure, per la sua fragile ingenuità, per la convinzione con cui si consegna al mondo, ho la sensazione che sia lei, a volte, a farmi da sorvegliante.

Venere

Non capisco perché Didone non perda la testa per mio figlio, queste umane sono imprevedibili. Sanno sdilinquirsi per un imbelle e possono lasciarsi sfiorare dalla gloria senza restarne invischiate. Quando mai ha ascoltato le parole di un uomo con una storia da srotolare degna di un leggendario? A poco è servito spedirle il tenero, alato Cupido affinché scoccasse le sue frecce e le infrangesse quella corazza con cui ama presentarsi. Ma è solo una difesa, in realtà, anche se fa la dura, sotto sotto cela un cuore tenero. E infatti il piccoletto l'ha subito conquistata.

Devo intervenire, presto. Questo è il momento giusto. Le parole della sorella hanno fatto breccia nel cuore di Didone.

Valuta se le convenga un'unione con mio figlio. Non lo desidera, è dilaniata da ben altre preoccupazioni. Mantenere il regno e, con esso, la promessa di sostegno a chi l'ha seguita.

Vaga per la città infelice, come invasata, come una cerva ferita che non conosce tregua. La osservo compiere i sacrifici senza convinzione: sa che sono dovuti prima di tutto al popolo, per tenerlo buono, e non si tira indietro. La guardo e penso a tutte le donne che, come lei, camminano chine sulle proprie preoccupazioni o si dedicano agli altri, senza avere il tempo di rendersi conto di quanta bellezza effondano, con la loro semplice esistenza.

Perché crede che non le spetti un compagno con cui consumare le dolcezze che ogni persona merita? Ha uno sguardo profondo e intelligente, occhi scuri, mani e piedi perfetti, naso dritto. Non capisce quanto i suoi capelli siano speciali, così neri, lisci e lunghi, non le interessa creare aspettative né offrirsi a nessuno: vuole solo aiutare i profughi fenici che hanno avuto fiducia in lei e che ora, a Cartagine, sono già popolazione stabile.

La regina giunge nel luogo del culto, dove la attende una folla assetata di responsi.

Impugna con la destra una coppa e la versa sopra le corna di una splendida, bianca giovenca. Poi, squarciatole il petto, consulta le viscere ancora palpitanti. La folla, attorno, trattiene il respiro.

Si avvicina mio figlio, lei lo accoglie con uno sguardo benevolo, gli rivela gli auspici: «Ti attende un futuro radioso, ma prima dovrai faticare sul suolo straniero». È brava, Didone, a interpretare ciò che non vede. Gli ha appena ripetuto ciò che lui le aveva raccontato, spacciandolo come una rivelazione del sacrificio.

Si allontanano assieme, lei lo conduce lungo le mura, poi dentro il cuore del palazzo, dove gli mostra la ricchezza sidonia. La città li stringe in un abbraccio focoso, i palmizi sembrano inchinarsi al loro passaggio.

Didone indica, è eccitata e strana, prima parla, poi sospende il discorso... a cosa pensa questa regina novella? Forse sta per cedere? O si sta baloccando nella melodia della maternità, di cui solo ora sta scoprendo le dolci bacche? Aspetta, tesoro mio, aspetta che la tua creatura cresca e le sentirai, implacabili al fianco, le spine di quella condizione. L'ansia per ciò che potrebbe capitare alla creatura. La tortura dell'attesa, del tempo che scorre. La paura dell'ignoto che perseguita tutti, perfino noi immortali.

Alla sera, durante il banchetto, Didone chiede di nuovo a Enea di narrare le sue traversie e, come la prima volta, vezzeggia per tutto il tempo Ascanio, che già la tratta come una mamma.

Trascorrono le settimane stillando aspettative.

Il legame tra lei e il piccolo si consolida giorno dopo giorno e i miei protetti Troiani la rapiscono al punto che la costruzione della città si blocca, le torri non vengono più innalzate, i giovani non si esercitano nell'arte militare, le opere restano sospese: ferme le impalcature, ancora troppo basse le mura.

Forse qualcosa in lei si sta sciogliendo. Forse le sta piacendo davvero Enea. Ma non è sufficiente questo suo bisogno d'amore, no: occorre agire, e presto.

Vado dalla mia avversaria, per proporle una tregua.

Giunone potrebbe incutere paura a chi non si sentisse indenne per natura e perché insignito della protezione di Giove. Tanto più che mi presento con una velata offerta, anche se in realtà sto tramando a mio favore. Mi assale con la sua loquela ingombrante, appena mi vede, inondandomi con la voce sonante e corposa di una dea abituata al potere e io capisco che lei ha già indovinato i miei pensieri: «E così vuoi fare innamorare Didone di Enea... Davvero grande gloria per te e tuo figlio Cupido imbrogliare – due divinità – una donna sola e indifesa. Non vi sembra che la mia protetta ne abbia già passate abbastanza?».

«Perché ci tieni tanto a lei, che nemmeno ti parla sinceramente, quando ti fa offerte? Non crede che noi divini c'entriamo con le faccende terrene, lo sapevi? Dubita perfino che Enea sia mio figlio...»

«Proprio perché è una miscredente, apprezzo il suo coraggio.»

«Quale coraggio?»

«Mettiti per un secondo nei panni degli umani, un secondo soltanto. Mutare nel tempo, affrontare problemi, patire fame, sonno, povertà, la precarietà di un corpo che s'indebolisce con gli anni, veder frantumarsi i desideri, ammalarsi, guarire, cadere e alla fine morire. Avere la consapevolezza che un giorno non rivedranno più i loro cari. Ogni tanto qualche briciola di felicità, ma capirai. Non pensi che ci voglia troppa audacia a sostenere tutto questo?»

Non l'avevo mai ponderato. Non mi piace calarmi nelle vesti degli altri. Preferisco indurli a spogliarsi dei loro abiti, piuttosto. Ma non glielo spiffero, sia mai che le torni in mente qualche scappatella di Giove, e lei prosegue: «Ascoltami, Venere. Basta giochetti, basta contese: perché non stringiamo un'alleanza? Tra Didone ed Enea non sta succedendo niente, lei non è convinta. Ma io posso esserti complice e spingerla tra le sue braccia. Didone un po' vacilla, con la testa forse si lascerebbe andare e, del resto, io non disdegno le nozze frigie».

«Come potrei rispondere di no a questa succulenta proposta? Mi frena un timore soltanto: temo che Giove non sia d'accordo. Ma tu, quale sua sposa, potresti sempre cercare di convincerlo...»

«A mio marito penserò io, non ti preoccupare. Questo è il mio piano: domani ci sarà una battuta di caccia. Io provvederò al maltempo, rovesciando un diluvio di pioggia mista a grandine, affinché i cavalieri, recingendo le balze di reti, si precipitino a scappare, disperdendosi. Noi due dobbiamo solo fare in modo che i nostri pupilli restino soli, al riparo dai tuoni, in una spelonca. Loro due, fuori il temporale, mentre dal cielo scende la notte. Qualcosa deve succedere e io stessa consacrerò l'imeneo.»

Me ne volo via soddisfatta, siglato il patto con la nemica, penso che a mio figlio non faccia male usufruire un altro po' di questa protezione africana. Gli manca una donna che si occupi di lui, che lo serva con dedizione e provveda all'educazione di Ascanio. Ma non sa, la povera Didone, che sta per essere indotta a nuove nozze cui forse, di sua volontà, non avrebbe ceduto facilmente.

Affretto il tempo perché giunga presto il grande giorno. Giovani scelti escono dalla città abbigliati per l'occasione e galoppano su stalloni massili, seguiti da cani vogliosi di prede. Arriva, accompagnata dal seguito, anche la regina, con la clamide sidonia adorna di una balza ricamata. Corpo slanciato, alta quasi quanto mio figlio. Riluce attorno a sé come una stella: la chioma acconciata con fermagli d'oro. Sulle spalle una faretra aurea e d'oro anche la fibbia che allaccia la veste purpurea. Accanto a lei Enea, dalla splendida figura. Prima di cominciare hanno brindato più volte, sorbendo da una coppa comune il nero vino. Inconsapevoli che dentro ci avessi versato un filtro speciale. Una pozione che amplifica i desideri e confonde i sensi.

Si fiondano verso gli alti monti dell'entroterra, dove stanano le caprette selvagge, poi i cervi che fuggono disperdendosi e, attorno a loro, nuvole di polvere. Gioisce Iulo, vorrebbe vincere – che grande trofeo sarebbe! – un cinghiale schiumante o un leone dalla folta criniera.

Didone cavalca come un'amazzone ed è più impegnata a gareggiare per gioco con Ascanio che a cacciare.

Giunone ha tanti difetti, ma è una dea di parola: oscura poco a poco il cielo, i presenti sono troppo presi dagli inseguimenti per farci caso. In breve diviene tutto una tenebra e scroscia pioggia mista a grandine, precipitano i torrenti giù dalle aspre discese, il gruppo si scinde in cerca di ripari fortuiti. La sposa di Giove lancia il segnale assieme alla Terra: la volta nera rifulge di baleni improvvisi, mentre le ninfe ululano dall'alto delle cime.

Enea e Didone, ignari, finiscono esattamente dove io e Giunone avevamo previsto, mentre fuori imperversa l'uragano: in una spelonca disabitata si consumano i destini di due grandi popoli e da quel nido, nella notte quasi rasserenata, baluginano lampi e scaglie di passione che irrorano lo spazio attorno, quasi fosse giorno. I due corpi si spogliano e si confondono unendosi più nell'inconsapevolezza che nel piacere, mentre gli animali del bosco li accompagnano non resistendo ai richiami della procreazione e intanto io cospargo l'etere di polvere di Vita frammista a polvere di Morte, perché così impone il ciclo eterno dell'Universo.

L'indomani non c'è bisogno di forzare le cose per diffondere la notizia: la gente già sa. Colpa della Fama, orrido mostro piumato con innumerevoli occhi e altrettante bocche e lingue sempre pronte a spifferare. Nulla le sfugge, riporta con la stessa enfasi vero e falso, infarcisce, moltiplica, inventa, forte del suo malpensare e della fantasia morbosa, si confida a orecchie ingorde di maldicenze, sempre protese sulle vicende altrui, come se le esistenze degli estranei fossero più colorate delle proprie. Non dorme mai, spia dalla sommità dei tetti, s'intrufola tra le vesti, strappa le confidenze – abilissima nel dilaniare i segreti –, vola invisibile sulle sgomente vicende degli uomini, di cui preferisce riportare tanto i trionfi quanto le manchevolezze.

Didone

Mi chiudo il volto tra le mani aperte, in segno di disperazione. Penso, scandaglio, cerco di recuperare frammenti di ricordi. Cosa mai può essere accaduto? Come ho potuto lasciarmi andare come una stolta tra le sue braccia? Mia sorella Anna mi segue affranta mentre percorro il pavimento a grandi falcate, avvilita, nelle mie stanze, trascinando i veli dietro ai passi irrequieti. Vorrebbe raccogliere i cocci del cratere sacro che si è spezzato dentro di me.

«Didone, non ti abbattere, ricorda che sei forte. La persona più forte che io conosca.»

«Tu lo sai in che guaio sono finita?»

«Ormai lo sanno tutti, in città. Anche se in quella grotta non fosse accaduto niente, non sarebbe passata inosservata la notizia di Enea e Didone per una notte in una spelonca. Voi due, isolati, esclusi dal mondo.»

Mi affloscio sul mio seggio e lei si ferma di fronte a me.

«Non spingere il dito nella piaga, Anna mia...»

«Voglio solo che sia chiara la situazione, così pensiamo al rimedio. Iarba non la prenderà bene, lo sai, vero?»

«Dovevi proprio ricordarmelo?»

«Non possiamo non tenerne conto. Perché non mi fai andare a parlare con lui?»

La guardo trasecolando: «Tu vorresti recarti da quel nomade grossolano? Pensi che ascolterebbe una donna? Magari adesso è così adirato che ti sgozzerebbe».

«L'altra sera, quando si è presentato a palazzo, è stato gentile...»

«No, Anna, non voglio esporti a questo pericolo.»

«Non correrei alcun rischio, mi potresti mandare assieme a una scorta di guerrieri.»

Scuoto la testa e mi nascondo la fronte tra le mani. Lei si accoccola accanto a me, mi prende la destra: «Didone, devi reagire. Dobbiamo trovare subito una strategia. Appena uscirai dal palazzo, il popolo vorrà comunque sapere di quale regina si è fidato. Dovrai rendergli conto».

«Non mi perdoneranno mai di essermi buttata tra le braccia di uno straniero. Ma come è potuto succedere? Non capisco...» e continuo a fissare il vuoto ripercorrendo gli eventi.

«Forse un giorno ti perdoneranno, invece. Conoscono il tuo valore.»

«Tra di loro ci sono molti parenti di Sicheo e già so che mi giudicheranno. Mentre gli uomini sono autorizzati a divertirsi, noi donne restiamo esclusiva proprietà del marito, anche se questo è estinto. Ho infangato il mio ruolo di vedova. E la mia reputazione, per cui tutti mi innalzavano alle stelle. Credi davvero che i Tirii passeranno sopra la mia infedeltà?»

Lei mi posa le mani sulle ginocchia. I suoi braccialetti tintinnano, ne indossa una decina per braccio: «Non lo so, ma credimi: questo è il minore dei problemi, Didone. Devi pensare innanzitutto al tuo popolo, come hai sempre fatto».

«L'unico modo per tenere buoni i Getuli e impedire che ci attacchino è far loro paura.»

«Devi stringere ancora di più il tuo legame con Enea, così loro, intimoriti dalle capacità militari dei Teucri, non ti muoveranno guerra. Almeno non subito. Poi, se me lo permetterai, terrò a bada io Iarba.»

«Perché ci tieni tanto a parlare con quell'uomo?»

«Perché penso che, in fondo, non sia così limitato come lo descrivi.»

Giunge un'ancella per portarci acqua aromatizzata alle violette africane. Anna si alza, le va incontro, agguanta le coppe, me ne porge una. Sorseggiamo e attendiamo che lei se ne vada per riprendere il discorso.

«Anna... sono stata una stupida!» e di nuovo affondo il volto tra le mani, mentre lei mi abbraccia. «Come ho potuto lasciarmi andare così, immemore del pudore?»

Poi libero le gote, facendo scivolare le dita fino al collo ed esclamo, con gli occhi sgomenti: «Le libagioni!».

«Cosa intendi, Didone?»

«Prima della caccia, abbiamo attinto allo stesso cratere del vino, come impone il rito.»

«E quindi? Quante volte bevi il vino?»

«No, no!» mi alzo. «Credimi! Quel vino mi ha dato alla testa, mi ha confuso le idee, mi ha allontanata dalla realtà! Non so come dirtelo, ma... è come se qualcuno mi avesse spinta tra le sue braccia, annullando la mia volontà.»

Sospira e mi guarda come se non approvasse, ma si trattiene come se, contraddicendomi, temesse di ferirmi. Ci abbracciamo preoccupate e decidiamo la tattica.

«Devi far vedere al mondo che con Enea non è stata una notte isolata, ma c'è qualcosa di solido. Un matrimonio in progetto...»

«Hai ragione, l'unico pensiero che davvero mi consola è porre riparo al danno.»

«Apri il tuo cuore e accogli un così valoroso eroe al tuo fianco.»

«Non credo di avere molta scelta...»

Comincia così la mia nuova vita.

E cambiano molte cose, a Cartagine.

È come se la città si risvegliasse da un torbido sopore.

Ogni sera Enea siede accanto a me, come il legittimo re. Di giorno mi affianca nei momenti più importanti: al ricevimento dei questuanti, al giudizio tra le contese oppure quando si stabiliscono, coi contabili, linee di guadagno e sussistenza. La riscossione delle esigue tasse, il computo dei beni materiali e la gestione dei doni della natura: come il corso di un fiume vada sfruttato, come vengano tassati i sacchi di pesce venduto o di quanti fichi dispongano i nostri confini.

L'ubertosa dispensiera osserva con disapprovazione Enea che, giorno dopo giorno, si appresta a prendere le mie veci. Mi sto docilmente facendo sostituire, tanto è alto il prezzo da pagare?

La mattina mi sostiene nei disbrighi quotidiani, fonda rocche o indica le direttive per la costruzione del porto e sovrintende ai lavori delle nuove case. Cammina magnifico per le puniche strade, sfoggiando la spada stellata con diaspro rosso, assieme a un mantello color porpora con fili d'oro, miei omaggi.

Talvolta mi piacerebbe che cercasse la mia mano con la sua, ma non accade mai. Capita però che si avvinghi a me, la notte, come quella volta nella caverna e rispetto a Sicheo ho la sensazione che tutto finisca troppo presto. Ogni tanto mi invia messaggi attraverso uno dei suoi uomini. Spesso Mnesteo o Sergesto. Quando manda Ilioneo, questi riporta la frase quasi controvoglia – «Enea chiede un mantello di lino, regina» – e mi sembra che i suoi occhi d'ebano si carichino di tristezza. Anch'io coltivo mestizia nella prigione delle mie scelte e trovo ogni giorno il modo di essere indaffarata per non abbandonarmi ai rimorsi. Ho la sensazione di essere per Enea come una zattera, quando il marinaio perde la nave. Soltanto utile.

Io ogni giorno, invece, mi attacco a lui con l'afflizione di chi non ha scampo.

I parenti di Sicheo non mi stimano più, eppure, per uno strano enigma che fa trascinare avanti le abitudini, mi reputano ancora la loro regina. Cercano di starmi alla larga, ma, quando per forza di cose ci incrociamo, si inchinano con volto che rinnega.

Così occupiamo parte dell'inverno, il mio cuore, sempre più avvinghiato a questa nuova presenza, è assente con lo spirito. Lui c'è e non c'è, alcune sere nemmeno mi guarda ma si dilunga in infinite dissertazioni davanti a una platea che ormai lo idolatra, altre mattine si consulta con me, io mi aspetto che si intenerisca, ma resto sempre delusa. Risolve gli affari cartaginesi come se fosse il re, quando ha voglia di divertirsi nel talamo si sceglie le schiave più belle.

Ma io non mi lascio andare.

Pulsa in me un sangue guerriero che non riesco a placare.

Tra tutti i Frigi, l'unico che si rivolge a me con parole gentili è Ilioneo, occhi di ebano: trascorriamo ore ad allenarci con le lance e la spada, gli racconto che combatto fin da quando ero bambina. I miei fratelli, tutti maschi esclusa Anna, che si è sempre piegata volentieri a un'educazione femminile, mi trattavano come uno di loro e il nostro gioco preferito era la guerra, dove io perdevo sempre. Una volta sposata, mi son state sottratte le armi, così mi esercitavo di nascosto nelle mie stanze, impugnando un utensile sottratto alle cucine. E, scappata dalla terra fenicia, ho preteso che il mio popolo apprendesse l'arte di difendersi con un costante addestramento di cui ero capofila, un dettaglio giunto a Iarba come diceria, che gli ha fatto sempre storcere il naso.

Oppure con Ilioneo ci consumiamo a parlare di leggende e di storie antiche. Gli racconto dei popoli interni che adorano orripilanti demoni africani che sgorgano da mulinelli di sabbia o si nascondono dentro a fiori carnivori e lui mi descrive con minuzia l'alta rocca di Pergamo e i cento figli di Priamo, quasi tutti morti. Grazie a queste fitte conversazioni imparo bene la loro lingua, voglio sorprendere Enea, mostrargli un giorno, all'improvviso, che so parlare come loro.

In questo richiamo calcareo di attese, almeno nessun nemico ci assale. Vivo in uno stadio di sospensione, se non fosse per il piccolo Ascanio che mi dipinge le stanze di colori mai visti. La complicità nata tra noi è un gioco in continuo divenire, non credevo che una presenza infantile potesse riempire così l'aria attorno... La mattina sopraggiunge a svegliarmi e spesso mi porta un regalo: un'arancia succosa, una cavalletta catturata, che non vede l'ora di spiccare di nuovo il volo, o qualche bacca rubata in giardino o una pietruzza che mi racconta, inventando, sia caduta dal becco di un'aquila bianca o abbia scovato in un pertugio tra la corteccia di un ulivo antichissimo. Vuole accompagnarmi ovunque. Scorta me ed Enea mentre governiamo Cartagine attraversandone i vicoli e le piazze, mi aiuta a officiare le liturgie.

«Posso incidere la pelle del bue sacrificato, con il coltello?» mi domanda il permesso e io glielo accordo. Deve imparare subito quanto potere e sangue siano collegati. Ogni tanto, senza motivo, diviene affettuoso e mi stringe forte forte, chiedendomi se sono diventata la sua mamma. Non vorrei illuderlo, ma tale ora mi sento e non posso mentire: «Sì. Ora sono io la tua mamma».

Giunone

È giunto il momento di sparigliare le carte. Di far sì che il sogno di Enea vada in frantumi. Se non posso mutare il corso del Fato e impedire che i Troiani fondino una nuova città, Alba Longa, da cui discenderà stirpe egregia, posso tuttavia mutare le sorti e lo farò in una maniera che spiazzerà tutti, perfino Venere vezzosa. La sciocchina si è piegata alla mia proposta perché devota a ogni covo d'amore, ma non sa quale bella sorpresa le stia riservando.

Cara dea della fecondità che ti sollazzi gioiosa con cani e porci, trovi forse divertente questa sciagura che è capitata alla mia protetta? Una donna della sua tempra che si è unita a un uomo che non ha nessuna sollecitudine per lei. Un sedicente eroe che ha come unico obiettivo la sua missione lontana, per la quale ha sacrificato senza esitazione una moglie prima e ora rinuncerà a questa nuova amante. Davvero, bella la mia Venere Ambologera, che non invecchia mai, pensavi che io ti fossi complice senza avere un piano di riserva?

Le cose non andranno come tu speravi, Didone non sarà il tassello insignificante del mosaico celebrativo che tu hai ideato per i tuoi rampolli.

Ma diamo tempo al tempo.

Innanzitutto, sprono mio marito affinché spedisca subito Mercurio da Enea, per scuoterlo ai suoi doveri. A volte, essere la moglie di Giove presenta dei vantaggi, non sono sempre bocconi amari da mandare giù.

Poi mi godo la scena.

Il Cillenio Mercurio calza i sandali alati, rifiniti d'oro, e si libra nel rapido vento con la verga magica in mano: può evocare, con questa, le pallide anime dei morti oppure precipitarle nel Tartaro, è in grado di far addormentare o togliere il sonno per sempre e addirittura dissuggella gli occhi ai morti. Plana nei cieli e scende verso l'orizzonte degli uomini e scorge, durante il viaggio, la fatica del grande Atlante che sorregge sulle spalle la volta celeste. Questi ha il capo folto di pini, sempre avvolto da scure nubi e colpito da maltempo, sulle spalle scende la neve e fiumi impetuosi gli precipitano giù dal mento, dove imperversano raffiche artiche che gli ghiacciano la barba.

Il dio devia verso il mare, che sorvola come un uccello intento a pescare a fior d'acqua. Atterra vicino a Enea, vestito elegante, immerso nelle decisioni architettoniche di Cartagine e subito lo assale: «Cosa fai, condottiero di popoli? Ti muovi come se fossi il re e consumi i giorni negli ozi libici? Non sai che il Fato ha in serbo altro per te? Eppure eri stato avvisato».

«Chi sei, tu che vieni a rimproverarmi? Sei forse un dio?»

«Mi manda colui che con un cenno può scuotere la terra e il cielo, il grandissimo padre degli dèi.»

Enea comincia a tremare, Mercurio non gli dà tregua: «Perché ti attardi in questa terra, quando ti attende una nuova patria altrove? Già ti predissero il destino. E tu perché lo rallenti? Se non vuoi andartene mosso da questo, almeno fallo per Iulo Ascanio, al quale spetta la gloria del regno d'Italia e da cui nascerà una stirpe straordinaria».

Un piacevole godimento mi solletica nel vedere Enea così muto e mortificato. Mercurio svanisce e il troiano si incammina dai compagni con la coda tra le gambe, rimuginando sulla sua inerzia. Chiama i migliori compagni, Mnesteo, Sergesto, Seresto e il validissimo Ilioneo per consultarsi con loro, raccontando l'episodio prodigioso. Non è abituato a prendere delle decisioni da solo, prima provvedeva Anchise a tracciargli le impronte, adesso è spaesato.

Che fare? Bisogna partire, rompere gli indugi.

Come circuire la regina zuccherandole l'amaro? Si deve trovare il modo migliore per dirle che sta per essere abbandonata.

Con i suoi fidi, l'eroe decide che si appresti subito la flotta, senza troppo trambusto, segretamente, per quanto possibile. Che si preparino gli attrezzi, che si ammucchino le riserve e si trovi un motivo per quei lavori improvvisi.

«Segretamente.» Mi viene da ridere.

Quante Didone, nel corso dei secoli, verranno gabbate dai loro amanti sfuggenti, che spariranno come fantasmi, quasi volatilizzati nell'etere? Quelle maschere teatranti che, in adorazione, un momento prima possono coprirti di complimenti e dedicarti poesie melense, mentre l'istante successivo già navigano verso nuovi lidi, con il candore di chi saltella con passo leggero?

Puoi organizzare la partenza clandestinamente, caro il mio Enea, ma Didone già sa.

La Fama implacabile ha provveduto a tutto.

La gente ha visto, la notizia si è sparpagliata di orecchio in orecchio ed è giunta a quelle della regina: i Dardanidi stanno armando la flotta, partiranno presto, nessuno di loro l'ha avvisata.

Mi spiace vederla così furente e non potermi nemmeno incarnare al suo fianco per consolarla. Se lo facessi, le ribalterei le sue convinzioni sulla realtà tangibile e su quella impalpabile. E invece è un bene che, sulla Terra, qualcuno coltivi il dubbio.

Ora Didone è a pezzi, arranca smarrita per le strade di Cartagine, conscia che il popolo disapprovi: un tale comportamento si addice a una baccante eccitata dallo sgorgare dei riti e dai corposi effluvi del vino, non a una regnante. Si dispera, affretta il passo con gesti convulsi, rischia più volte di inciampare nei gradini, volge la testa a scatti di qua, di là, per cercare il colpevole. Ma Enea non compare – neanche al porto si trova – sembra dissolto.

Non potendo riversare la rabbia sul destinatario, la regina la rimescola dentro di lei.

Torna a palazzo come una Furia, nemmeno Anna riesce a placarla, Didone vuole un faccia a faccia col frigio, in alternativa preferisce stare da sola, via tutti, via le ancelle, caccia anche la dolce sorella, detesta farsi vedere ridotta così da lei.

Attende qualche ora scalpitando di dolore, finché il responsabile si presenta nelle sue stanze.

E adesso, per me, comincia lo spettacolo.

Didone

«Speravi, perfido, di potermi ingannare? Pensavi di essere al sicuro, traditore, che non si venisse a sapere la tua ingiuria?» con queste parole investo Enea, appena mette piede nei luoghi che mi appartengono.

Quella notte, nella grotta, eravamo in due e sapevamo cosa avrebbe comportato il nostro connubio. Non avrei mai potuto concedergli il mio corpo solo per una volta. Eravamo già due personaggi investiti del proprio incarico: come poteva pretendere di andarsene senza avvisarmi, l'infame? Senza trovare assieme una soluzione, abbandonandomi sola e inerme alle conseguenze?

«Coperto dalle stelle invernali prepari le navi e, pur di scappare via, ti appresti a salpare spinto da Aquilone? Non ti trattiene la nostra unione? Sai cosa significa questo per me? Hai un'idea della situazione in cui mi abbandoni? Le libiche genti già mi odiavano perché disprezzai il re getulo, mentre ora – mi accuseranno – mi sono svagata con uno sconosciuto venuto dall'Oriente. E mio fratello Pigmalione, saputo della tua beffa ai miei danni, potrebbe anche decidere di stanarmi fin qui e rubarmi tutto ciò che ho costruito...»

Non aggiungo che, portandomi via Iulo, mi spezzerebbe davvero il cuore. Che per la prima volta in vita mia ho provato un sentimento talmente potente di maternità. Non parlo di quello che credevo il nostro legame... esisteva davvero o me lo sono immaginato? Se ripenso alle mie cognate, non conosco matrimonio dove coli amore profondo, sono pochissimi persino i casi di estremo affetto e rispetto come quelli che mi univano al compianto Sicheo: piuttosto si tratta di convivenze dove le donne hanno imparato presto la dura arte della rassegnazione. Questo è ciò che ci impongono i tempi: mostrarci docili e servizievoli, non disturbare, sfornare figli senza lamentarci. Se viene meno uno di questi requisiti, una sposa perde le sue qualità, questo è il messaggio della società. Figuriamoci quanto potrà valere, agli occhi del mondo, una vedova fuggita dalla sua patria che si è data al primo venuto e da lui è stata abbandonata.

L'imminente partenza di Enea farà crollare ogni speranza che avevo di salvare il mio popolo. Di proteggere mia sorella. Come ho potuto offrirmi a quest'uomo che blaterava di dèi e missioni? Che ora mi guarda smarrito, con occhi da pesce marcio, e fatica a trovare le parole per una risposta? Difficile, vero, ribattere, quando non ti imboccano i tuoi consiglieri? O quando non si tratta di magnificare le tue azioni o la mammina divina?

«Didone, tu hai tanti meriti, sei una donna stupenda, ma...»

Risparmiami gli elogi, Enea, vorrei dirgli. Almeno quello. Ma taccio, perché percepisco la sua fatica nel reperire una risposta che sia degna di essere chiamata tale.

«Ti spiegherò la questione brevemente, Didone. Non pensavo di tenerti nascosta la fuga, te lo avrei detto nel momento adatto. Del resto io e te non ci siamo sposati, non mi puoi rimproverare di tradire il vincolo nuziale. Cosa mai ti ho promesso?»

Cerco di trattenere l'indignazione, ma dalle mie parole trapela un'acredine che non riesco a governare: «C'era bisogno di iscrivere un patto su pietra? Pensavi di rotolarti nel talamo di Didone e fuggire via a tuo piacimento, magari dimenticandola?».

«Non ti dimenticherò mai, se è per quello.»

«Grazie per questa grande concessione.»

«Didone» e fa un passo verso di me, ma io arretro, «se dipendesse da me, se davvero potessi decidere, sai cosa farei? Dispiegherei le vele verso Troia. Se potessi arrotolare il tempo e disporre delle sorti delle civiltà, tornerei nella reggia di Priamo e la lascerei intatta, affonderei in una tempesta la spedizione achea diretta contro Ilio, farei sì che Agamennone, Menelao e tutti gli Achei finissero tra le fauci di un mostro marino.»

Certo. Un nuovo modo per dirmi che io non sono importante. Che vengo al quarto, quinto, all'ultimo posto. Me lo stai facendo intendere benissimo Enea, te ne rendi conto?

«Didone, cerca di capirmi. È sceso sulla terra Mercurio ricordandomi gli oracoli di Apollo Linceo. Giove stesso lo ha mandato per ammonirmi ai miei doveri, mi è apparso all'improvviso e mi ha ingiunto di raggiungere la terra italica per dare un nuovo regno al mio popolo. Tu hai fatto lo stesso coi tuoi, portandoli a Cartagine, perché dovresti impedirlo a me?»

Già, perché dovrei impedirtelo, visto che nemmeno siamo stretti dal sacro vincolo del matrimonio, come poco fa mi hai ricordato? Forse perché non sopporto l'idea di essere stata usata e gettata? O forse perché muoio di strazio al pensiero che non rivedrò più il figlio acquisito, una gioia che mai avrei creduto la vita mi potesse serbare? L'amore che credevo di provare si ricopre di diamanti d'ira, ma lui è troppo preso da sé e prosegue, mentre lo scruto con ostilità: «Anche il simulacro di mio padre Anchise mi ha rimproverato, una notte di qualche tempo fa, mentre le umide ombre si stendevano sulle case e sugli alberi dormienti. Mi ha fatto inorridire mostrandomi come, col mio indugiare, stavo defraudando mio figlio della patria nuova che lo attende. Già mi sentivo in colpa allora, ma poi, quando è volato fino al mio cospetto Mercurio dai calzari alati, ho capito che non avrei più potuto tardare... Perché mi guardi così? Te lo giuro, l'ho visto coi miei occhi. Quindi, Didone, ti prego smettila di tormentare me e te, non vado in Italia per un mio capriccio».

Lo squadro da capo a piedi e sento fiamme di disprezzo che mi stanno per sgorgare dai capelli, trasformandomi in una Medusa vendicativa. Noto anche l'elmo posato a terra: altro indizio della partenza, qui a Cartagine non aveva motivo per indossarlo.

«Basta con tutte queste sciocchezze, mi hai spossata! Davvero credi a ciò che dici? Non ti è madre una dea, né Dardano progenitore, ma devi essere nato nel

Caucaso, allattato da tigri ircane: ecco perché sei così privo di sentimenti. Non t'importa niente di me, non ti curi del mio futuro. È vero, non è stato celebrato nessun rito nuziale né io ti ho chiesto nulla, ma davo per scontato che, unendomi a te, non sarebbe stato solo per trastullo… Forse avrei fatto meglio a far sbranare il tuo corpo e disperderlo nelle onde…»

«Cosa ti aspettavi, che ti conducessi via con me?»

Non gliel'ho chiesto. Non l'ho nemmeno ipotizzato. Io, guida di popoli, ridotta a concubina di un troiano? La lealtà ovunque vacilla.

«Mi sei piombato qui naufragando, bisognoso di tutto e io ti ho accolto. Ho sfamato te e i tuoi uomini, ora mi vuoi sottrarre anche il piccolo Ascanio, luce dei miei occhi? Nemmeno me lo farai salutare?»

«Ascanio è già imbarcato. Non è tuo figlio. È il nipote di Venere, non dimenticarlo.»

Mi sgorga fuori una risata grottesca, che forse un po' lo inquieta: «Certo, ti ha partorito Venere, dopo essersi innamorata di un povero pastore tracio. E Mercurio, nunzio degli dèi, è sceso dall'Olimpo per redarguirti sulla tua missione, come no. Gli dèi, con tutte le cose che hanno da fare, si preoccupano di quanto tempo soggiorni a Cartagine e sarebbero in travaglio proprio per te! Ti rendi conto di quanto sei egocentrico e millantatore?».

«Ma…» non sa cosa ribattere. È così assuefatto all'adorazione, nessuno ha mai messo in dubbio le sue bugie.

«Se anche fosse, non dovresti sbandierare così i tuoi privilegi divini. Io ti ho mai detto che Cartagine è votata a Giunone e che – se davvero esistessero gli dèi –

Giunone mi proteggerebbe, perché ho innalzato innumerevoli templi in suo onore, qui e in Fenicia? Giunone soccorre le donne offese. E per te è andata in malora la mia reputazione, si è spento il pudore, di cui tanto potevo vantarmi, al quale sai quanto tenga il popolo credulone. Caduta ogni difesa, tutti pretenderanno di allungare le mani sul mio regno e mandarmi in rovina.»

Si spoglia delle armi e del mantello, me li porge: «Prendi, Didone. Un pegno per quello che è stato tra noi».

La rabbia mi sale incontrollata, mentre impugno la sua spada di bronzo, dal manico aureo e intarsiato.

«A cosa servono questi doni, se non a ricordarmi l'onta a cui mi hai sottoposta?»

«Non posso darti altro, Didone, io non posso restare...»

«Perché tutta questa fretta? Fuggi me? Non potevi aspettare la primavera, almeno?»

«Gli dèi mi mandano zefiri favorevoli adesso.»

Perché resta così impassibile? Perché non mostra un segno di pentimento – che dico di pentimento: di dispiacere per la mia sorte? Mi ha forse proposto un'alternativa? Mi ha chiesto di seguirlo? Certo io non avrei acconsentito, ma questa ottusa insensibilità mi fa montare un furore cieco. Non accetta nemmeno di indugiare qui con me un mese in più e anche nel parlare si dimostra frettoloso, come se fossi un inutile ingombro, una seccatura.

Non so come avvenga, lui sta per oltrepassarmi accanto come se fossi invisibile – il che equivale ad abbandonarmi per sempre con indifferenza – io voglio soltanto impedirglielo, non so perché, io che mi sono sempre bastata, mi trovo a elemosinare da lui qualche istante in più. È questo che chiedo, brandendo la spada. Il braccio fermo, teso dal livore: basta un mio movimento imprevisto ma deciso e lui, insistendo a ignorarmi, per evitarmi rimane trafitto dall'arma.

Enea si accascia con la spada ancora conficcata nel ventre.

No, non può essere! Non può finire così! Mi sgolo invocando il suo nome, ma lui – a poco a poco – chiude gli occhi e, quando avvicino il mio volto al suo, scopro inorridita che non respira più.

Venere

Cosa stanno combinando, questi stolti umani? Non ci posso credere... mio figlio... mio figlio ucciso? È sacrilegio! Come ha osato, la fenicia? Come è stata possibile una tale deviazione dalla storia?

Mi materializzo in un baleno dal padre degli dèi, sul placido Olimpo ovattato di nubi. Giove impugna lo scettro in una mano e il fulmine nell'altra. Mi inginocchio gemendo ai suoi piedi. Tante volte ho pianto ad arte, perché le mie lacrime sanno sortire un effetto di accondiscendenza. Ma stavolta sono sincere: «Padre di tutti gli dèi, empietà! Didone ha infranto il Fato... ha ammazzato il mio Enea! Hai visto cos'è successo? Perché non ti adiri? Perché non la fulmini e dopo sconquassi la terra che lei ha calpestato?».

Lui osserva i microscopici individui che si affannano giù nel mondo dei vivi e sospira come se tutta la sua suprema sapienza talvolta costituisse un carico troppo gravoso. Come se non bastasse, dietro al rigonfiamento di un bianco nembo, scorgo Giunone ridacchiare nascosta. Che impertinente. Appena mi vede si ritrae, ma non la smette di sghignazzare e Giove lo sa: «Padre, cosa sta succedendo? Tu e la tua consorte vi state forse prendendo gioco di me? Nessuno può mutare il Fato...».

Finalmente si volta verso di me, il suo volto è serafico: «E infatti il Fato non muterà corso».

«Ma Enea...»

«Enea è stato ucciso, lo so. Hai seguito la scena, no? Non ti sei mai persa un minuto della vita di tuo figlio e dovresti averlo visto bene: è stato un incidente, Didone non voleva ammazzarlo» e protende il mento barbuto verso Cartagine.

Didone sta invocando disperata la sorella e chiude le tende della stanza, segnale di ingresso vietato alle ancelle. La raggiunge Anna, osserva esterrefatta il cadavere di Enea, le chiede spiegazioni, Didone è davvero affranta, non sa come sia potuto accadere...

«Ma come è possibile, Didone? Lui... lui era destinato...»

«Perché tutti voi usate a sproposito il Fato? Sapete esattamente cosa è stato deciso? Che dalla stirpe di Enea sarebbe disceso una progenie grandiosa che, su suolo italico, avrebbe inaugurato l'impero più potente dell'antichità. Da nessuna parte è stato scolpito che Enea in persona raggiungesse il Lazio.»

Non capisco nemmeno io che sono una dea: come si può compiere il Fato senza il suo fautore principale? Continuo a piagnucolare, ma Giove resta sordo. Come può il padre degli dèi non consolare una madre a cui è stato inferto un tale affronto?

Sopraggiunge Giunone, con volto ilare e insopportabile faccia da precettrice, a sciogliermi i dubbi: «Il Fato si compirà. Semplicemente Enea non ne sarà strumento, ma Iulo. Del resto è lui che – ormai è stabilito – dovrà fondare Alba Longa».

Non la considero nemmeno, mi alzo, lascio che la spallina mi scenda sul braccio quasi denudandomi un seno e ancora mi rivolgo al Sommo: «E il matrimonio con la Latina?».

«Vedrai, Venere, ogni cosa a suo tempo. Abbi fiducia negli eventi.»

«Io sono distrutta, Giove, ho perso il figlio tanto amato.»

«Mi dispiace, Venere. Ma tu sei prima di tutto la dea dell'amore e dovresti conoscere certe derive di quel sentimento. Didone era ferita, si è sentita usata. La sua rabbia convergeva nella spada. Enea si è mosso in maniera goffa. È successa una disgrazia. È così che accade laggiù, fa parte del gioco della vita: ogni istante qualcuno può essere pugnalato da una tragedia.»

Guardiamo di nuovo quel grande teatro umano che è il palazzo reale di Cartagine. Didone carezza il volto esanime di Enea e gli chiede «Perché?».

Osserva la spada, che non è poi così addentro la carne, ma deve avere colpito un organo importante perché tutt'intorno è un lago di sangue. Giove mi guarda come se non li comprendesse, questi uomini che prima nascono e poi un giorno periscono, che dimensione effimera quella di chi non beneficia della confortante carezza dell'eternità.

Didone

La sorella Anna mi strappa dalla salma, incitandomi all'azione. Parla sottovoce, concitata, non l'ho mai vista tanto decisa: «Dobbiamo pulire tutto, ma soltanto io e te. Niente ancelle. E dobbiamo trovare subito una soluzione».

«Cosa intendi?»

«Il cadavere va nascosto. Trovami altre stoffe.» E comincia ad asciugare le lastre del pavimento con il suo scialle.

«Anna, ma sei pazza?»

«No, Didone. Se i Troiani scoprissero cos'hai fatto, infilzerebbero i Cartaginesi uno a uno, inclusi donne e bambini. E indovina da chi partirebbero.»

La guardo come se all'improvviso fossi ripiombata nella realtà. Lei mi sprona: «Impugna subito il tuo lenzuolo e avvolgi il corpo».

«Cosa vuoi fare?»

«Non lo so ancora bene. Sei sempre stata tu a prendere le grandi decisioni.»

Strappo via dal mio talamo il telo di lino che lo avvolge, merce egiziaca, e pulisco la spada assassina. Poi lo butto su Enea. Con l'aiuto di Anna, cerchiamo di farlo rotolare, ma è pesantissimo e quattro braccia lo spostano a fatica. Alla fine è completamente coperto e annodato alle estremità.

Ripenso a quando eravamo bambine e una volta avevamo fatto rotolare un masso giù da un pendio. Ma prima avevamo dovuto spingerlo a fatica sulla vetta e, sotto l'afa del pomeriggio, sopportavamo lo sforzo pregustandoci lo spettacolo.

«La conosci la storia di Sisifo?» le avevo chiesto.

«No, raccontamela.»

«Sisifo era un Titano furbacchione che ingannò più volte Giove e perfino la Morte. Così venne punito nell'Ade.»

«Come?»

«Come stiamo facendo noi: doveva trascinare un masso sulla cima di una collina. Solo che ogni volta il macigno sarebbe ricaduto giù. Ma, a differenza di noi, per lui non era tanto divertente.»

«Perché?»

«Prova a farlo per l'eternità.»

Noto l'elmo che Enea aveva posato a terra, accanto allo scudo, e il suo mantello posato sul mio scranno. In quel momento mi viene un'idea, la sola via possibile per la salvezza.

«Ascolta, Anna...»

«Dimmi sorella» mi risponde con il senso del dramma dentro la voce.

«Fai allestire subito un rogo dalle ancelle.»

«Cos'hai in mente?»

«Ci bruciamo sopra il corpo. Mi sostituirò a Enea.»

«Cosa?!»

«Prenderò il posto del re troiano. È l'unico modo per non mandare tutto in rovina. Altrimenti i Frigi se la prenderanno prima con me, poi con tutti i Cartaginesi. Diremo che io mi sono uccisa per il dolore, spacceremo per mio il corpo di Enea. E io prenderò il suo posto.»

«Ma... come farai?»

«Indosserò le sue armi e il suo mantello, con l'elmo non mi riconosceranno. L'altezza è la stessa. Tagliami i capelli corti come li aveva lui.»

«I tuoi bellissimi capelli...»

Raccolgo le ciocche in un pugno e gliele porgo dispiaciuta, voltandomi.

«Taglia, subito!»

Non riesce a obbedire, mi fa notare che i capelli di Enea erano castani.

«Non c'è modo di schiarirli?» domando a lei che conosce tanti trucchi di beltà.

«Col sapo. Le donne lo usano per trasformare in biondo il colore delle loro ciocche. Tenendolo poco tempo, le schiariresti soltanto.»

Il sapo. Non pensavo che sarei mai ricorsa a quella poltiglia di cenere mista a grasso animale. Anna corre a reperire l'occorrente, mentre io impugno i capelli e con un taglio netto di spada li recido, ottenendo la stessa lunghezza dell'amante defunto. Poi indosso i suoi calzari.

Torna Anna di corsa, gli occhi si tingono di dispiacere per i miei capelli sparsi a terra, ma non c'è tempo di indugiare e subito procediamo all'operazione. Ho la chioma unta dall'impiastro maleodorante.

«Didone, sei sicura di ciò che stiamo per fare?»

«Non abbiamo alternative. Se i Frigi scoprono come è morto Enea, non crederanno mai che sia stato un incidente. Immagineranno che sia impazzita per l'onta e daranno la colpa a me. È tanto facile accusare una donna adducendo come pretesto la sua furente esaltazione. La ritorsione contro il mio popolo sarebbe terribile, ne pagheresti le conseguenze anche tu.»

Anna ogni tanto controlla le ciocche, perché raggiungano il colore giusto.

«E non ti riconosceranno?»

«Non nell'immediato.»

«Sei sicura?»

«Faremo una prova dopo, con le ancelle. L'elmo nasconderà bene il viso.»

Mi lava i capelli versandovi sopra abbondante acqua alle rose e faccio appena in tempo a indossare l'elmo, che si fa annunciare Ilioneo, giunto per sollecitare il suo condottiero.

Riferiamo all'ancella di invitarlo ad attendere, a palazzo sta accadendo qualcosa di grosso, mentre due fidate schiave, munite di pino resinoso e tavole d'elce per il rogo, sono invitate a disporre quanto occorre nella mia ampia balconata. Entra l'opulenta dispensiera e il fatto che – lei che mi conosce abbastanza bene – non si accorga della verità mi rincuora. Tutte assieme carichiamo sopra al tumulo la salma, che nessuno riconosce. Non hanno nemmeno capito che io sono la loro regina, mi credono Enea. Si mettono a piangere quando

Anna dice loro la nostra bugia, che le mie carni stanno per bruciare sulla pira.

Si alzano gli strilli per alti atrii, la Fama, stavolta sgomenta, si affanna per le case dispiegando la notizia di orecchio in orecchio e le stanze risuonano di grida femminili che rimbalzano al cielo, facendo sembrare che anch'esso pianga per l'infelice Didone.

Mandiamo a chiamare una maga massila, custode del tempio delle Esperidi, che si narra cibi un drago e custodisca un albero sacro, cospargendone i rami di miele e soporoso papavero. Solo quando giunge, affannata, scortata, diamo l'ordine al troiano: «Che entri Ilioneo!».

Io, nelle vesti di Enea, mi mostro muto e affranto, mentre mia sorella gli racconta l'atroce suicidio di Didone e, come è d'uso qui da noi, si ferisce il volto e il petto con unghiate di dolore.

Mi muovo come in una bolla isolata, rintontita dagli eventi. Cospargo di farina sacra l'altare, imploro gli dèi e le stelle e un nume che abbia a cuore le amanti infelici, coloro che si tolsero la vita per amore di un uomo e per disamore di se stesse.

Le fiamme si levano alte proprio mentre scende la notte.

Sul mio viso scorrono lacrime amare, ma l'elmo le nasconde. Piango perché sto per dire addio a tutto ciò per cui ho combattuto.

Anna, invece, non ha bisogno di nascondersi, semplicemente inganna i presenti sul suo lutto: non è per la cenere che raccoglieremo che sta gemendo a dirotto, ma per la sorella che non rivedrà più.

Il dolore è un paese strano, può contenere nebbie di ogni gradazione. Il mio ne ha una rosso sangue per l'amante perso per sempre, una grigio-nera per l'adorata congiunta cui sto per dire addio e una di un viola accecante, la paura per l'ignoto che mi attende.

Giunone

Non so se basti a Didone-Enea fingere di aver perso la voce per lo sgomento di ciò che è avvenuto. Ha parlato quasi con un fischio roco e sottile a Ilioneo, ingiungendo pochi decisi ordini: che prendesse lui il comando della situazione, giusto il tempo di sistemarsi, che partissero presto, il prima possibile. Ilioneo non ha battuto ciglio. Nessun sospetto? Fatto sta che gli altri Troiani non hanno osato fiatare. L'elmo in testa l'ha protetta, si è ritirata nel giaciglio di Enea e non ha voluto nemmeno ricevere Ascanio. Si è ritagliata il suo spazio per meditare come agire, sola e, mentre la flotta tagliava le onde sospinta da Aquilone, guardava per l'ultima volta la collina della Byrsa e scorgeva, in cima alle mura di Cartagine, il serpente di fumo del recente rogo.

L'addio alla sorella è stato dilaniante. Anna aveva chiesto a Ilioneo di procedere e lasciarla sola con Enea per raccomandargli le ultime volontà di Didone. Si erano abbracciate con disperazione, la vita stava togliendo loro tutto.

Didone si era sciolta dall'abbraccio e, con l'elmo ancora in testa e le gote rigate dal pianto aveva detto: «Come farai, sorella Anna? Tremo per la tua sorte, temo a lasciarti qui sola in balìa di Iarba».

«Non avere paura per me. Iarba non è così crudele come lo dipingi.»

Didone era trasecolata: «Ma quindi...? Quindi Iarba non ti dispiace?».

«È un guerriero valente, figlio di Giove Ammone...»

Didone aveva alzato gli occhi al cielo: «Non ricominciare anche tu con le stirpi divine... Enea forse ti ha contagiata?».

Si erano scambiate un flebile sorriso: «Ogni tanto è venuto a palazzo, solo per parlare con me» aveva sussurrato Anna, quasi vergognosa.

«E perché non mi hai detto niente, sorella mia?»

«Temevo che disapprovassi...»

«Io avrei approvato, io approvo tutto ciò che tu desideri. Se davvero era lui ciò che volevi, come avrei potuto ostacolarvi?»

«Ma tu lo detesti...»

«In realtà me ne vado via più serena se so che non ti attende come nemico ma come amico.»

«Ogni volta che in questi mesi è venuto qui e l'ho ricevuto, è sempre stato molto gentile. E generoso, mi ha riempito di doni... ha un animo bendisposto, in fondo a quella scorza.»

Didone aveva stretto la sorella in un abbraccio più forte. Erano fluite parole dolcissime, promesse di amore eterno, mentre gli occhi di entrambe stillavano lacrime amare.

Così i Troiani prendono il largo, ma fanno appena in tempo a raggiungere il mare aperto che, quando scompare alla vista la terra, vengono attaccati da una tempesta. Scommetto che è una ripicca della sciocca Venere, è normale che sia irritata per come sono stati invertiti i destini. Ma il suo non è il dolore sincero che sanno provare gli uomini e le donne, è solo stizza e fastidio perché ha perso il suo trastullo. Presto se ne dimenticherà, presa da nuove infatuazioni o intenta a tessere infiniti intrighi rosso fuoco.

Il nocchiero Palinuro si rivolge a Ilioneo: «Perché Nettuno si accanisce contro di noi? Guarda che cielo nero, bisognerà ammainare le vele. I venti sibilano e l'aria sferza malvagia, mentre le nubi si addensano. Bisogna chiedere a Enea cosa fare...».

«Enea è pensieroso per gli eventi funesti, prendo io il suo posto, per il momento, così comanda. Se la sorte ci è avversa, non cerchiamo di andarle contro, piuttosto assecondiamola. Se ricordo bene, in quella direzione – e non molto lontano da noi – stanno le coste di Erice e i porti sicani, dove sono custodite le ossa di Anchise. Enea sarà contento di tornare in quei luoghi amici.»

Faccio soffiare zefiri leggeri che li conducono all'amichevole spiaggia, dove attraccano accolti benevolmente. Aceste, che una troiana concepì col fiume Crinisio, li saluta con gioia, indossa la pelle di un'orsa libica e li invita a trascorrere lì tutto il tempo che vogliono.

L'indomani Ilioneo, dopo essersi consultato con Didone-Enea, issatosi su un'altura, parla alle folle: «È trascorso un anno esatto da quando seppellimmo il vecchio Anchise e consacrammo altari luttuosi. Enea vuole ricordarlo coi voti annuali e tanto più questo è il momento adatto, visto che siamo così vicini alle sue spoglie. Celebriamolo coi giochi, onorandolo come merita! Si vedrà chi è valido nella corsa a piedi e chi sulla ripida nave, chi nel lancio del giavellotto e chi delle frecce, chi invece si distingue col rude cesto».

Aceste regala alla causa due buoi per ciascuna nave, affinché invitino al banchetto i patrii Penati, assieme a quelli venerati da Aceste stesso.

Didone-Enea trascorre otto giorni in un febbrile isolamento nel palazzo di Aceste, l'unico da cui accetta cibo e compagnia è Ilioneo, col quale talvolta scambia qualche parola – che dalla sua bocca esce a fatica, roca, come un soffio. Si consultano, decidono, lui le sembra saggio, mente strategica, decisioni oculate, le genti frigie lo rispettano, Enea se ne serviva per le questioni più delicate.

Ogni tanto qualcuno si presenta per avere sue notizie, forse si domanda perché indossi l'elmo, ma la mia protetta non dà tempo a nessuno di intrattenersi e caccia ogni visitatore con un gesto della mano. Una mattina sopraggiunge Palinuro con una pozione ricostituente per il suo re, ma viene redarguito dallo schiavo alla porta. Fa tuttavia in tempo a cacciare all'interno della stanza un'occhiata furtiva e io capisco che in quell'istante gli si insinua nella mente il tarlo del dubbio. Enea non ha quelle mani pulite, prive di calli, troppo lisce per tutte le battaglie che ha combattuto e le sartie che ha tirato. Il nocchiero si ritira imbrigliato nelle domande. Che sta accadendo? Perché il re non si mostra e non parla?

Il nono giorno si inaugurano i giochi e Didone-Enea, palesandosi ancora sprovvista di voce, si mostra per i sacrifici: seguita da Ascanio, da Aceste e da una folla numerosissima, si incammina al tumulo di Anchise.

Le popolazioni vicine, saputa la notizia dei giochi, accorrono esultanti allo spettacolo, vogliono inoltre vedere il prode Enea e suo figlio Ascanio, la loro fama già raggiunge la volta celeste.

Parte la liturgia solenne: Didone-Enea versa a terra prima due coppe di vino, poi altrettante di latte bianchissimo, infine altre due di sangue sacro e sparge attorno fiori scarlatti, poi si piega in preghiera invocando Anchise. Siccome Palinuro sta meditando di metterla alle strette per sciogliere le sue perplessità, ci penso io a tenerlo a bada. Mandare tra gli umani un prodigio è il modo migliore per sospendere le azioni. Faccio comparire un viscido serpente, grande quasi come quello che stritolò i figli di Laocoonte, col dorso macchiato di sfumature cerulee e scaglie bronzee che rifulgono dorate sotto i raggi del sole. Circumnaviga il tumulo con sette volute e, dopo aver strisciato tra gli altari, scompare via misterioso.

Didone-Enea resta di stucco, ma nessuno degli astanti stupiti si accorge della sua espressione, celata sotto l'elmo. Poi riprende il sacrificio: uccide una coppia di bidenti, poi una coppia di maiali e giovenchi neri, colma le coppe di vino e invoca i Mani d'Acheronte, assieme allo spirito di Anchise.

L'allegria si diffonde, i compagni festosi radunano i premi, riempiono gli altari, anch'essi procedono coi riti e allestiscono la brace per gli spiedi, ora sparsi sull'erba. Ricchi doni vengono imbanditi al centro dell'arena: tripodi, verdi corone e palme, armi e vesti preziose, talenti d'oro e d'argento, non manca nulla e il suono della tromba annuncia l'avvio delle competizioni. La prima gara si svolge sul mare, quattro navi scelte da tutta la flotta, ma io non seguo, già so qual è il succo di tutte queste contese umane: dimostrare chi è il più bravo. Sai che divertimento.

Didone

Qualcuno ha fiutato, lo so.

Palinuro mi guarda con sospetto, poco fa l'ho visto confabulare con Beroe, l'intrigante moglie dello tmacio Doriclo, di stirpe nobile e prolifica. Alcune donne mi guardano male, si avvicinano, sbirciano i piedi sotto i calzari e le parti del corpo che l'armatura lascia esposte: le mani, le braccia, la parte inferiore delle cosce.

Mentre i maschi sono presi dall'illusione della gloria, le donne tramano l'arte del dubbio e si scambiano ipotesi. Conoscono troppo bene Enea, hanno vissuto a stretto contatto con lui sette anni, un viaggio lunghissimo irto di insidie, dove ciascuno ha imparato a distinguere l'altro dall'ombra. Di ogni uomo hanno assimilato i rilievi delle venature, le rugosità delle mani, l'odore del sudore dovuto alla stanchezza, ben diverso dall'acredine che esala la fatica di un combattimento con i guerrieri, col mare o col vento.

Sono stata una stupida.

Come potevo pensare di imbrogliarle? Le Troiane mi

smaschereranno presto e io soccomberò al loro odio, non vedo vie di scampo... Correranno a spifferarlo ai loro uomini e, se mi va bene, ordiranno per me la peggiore delle morti. Se mi va male, mi spetterà comunque una tortura fino a spirare, ma in più torneranno a Cartagine per castigarmi due volte, radendola a ferro e fuoco.

Mentre mi rovello in tetre previsioni, sopraggiunge Ilioneo, inducendomi a consegnare i premi. «Devi mostrarti generoso, Enea. Solo così ti conquisterai la loro fedeltà.»

Prodiga sempre buoni consigli, questo guerriero dalla voce profonda, e ogni volta m'invoca col mio nome: come se sapesse e, parteggiando per me, m'offrisse la sua parte nella recita. Altrimenti, l'alternativa è che sia stolto, ma non è possibile che un uomo così saggio ospiti stupidità e avvedutezza nella stessa casa. Mi riassume gli avvenimenti: «Hai visto cos'è successo alla nave di Sergesto? Si è impigliata tra gli scogli e ora tutti ridono di lui. Ha vinto Cloanto, è stato accolto da uno scroscio di applausi, ha invocato gli dèi per ottenere la vittoria, cosa non farebbero certe persone per il successo...».

Gli sorrido da sotto l'elmo, mentre lui mi illustra come muovermi: «Copri di verde alloro le tempie al vincitore, ma premia ciascuna nave con tre giovenchi, vino e un talento d'argento, affinché tutti siano felici di aver partecipato. Fatti continuare ad amare conquistandoli con tua la prodigalità: al capitano arrivato per primo regala una clamide dorata incorniciata da un duplice meandro color porpora melibea. Al secondo una lorica intrecciata di maglie lucenti con fili d'oro, al deriso Sergesto offri una schiava esperta nelle opere di Minerva, la cretese Foloe, madre di due gemelli che ancora allatta. Ti ho preparato i doni presso il forziere al centro dell'arena, lì nel teatro».

Seguo alla lettera i suggerimenti, che sortiscono l'effetto sperato. La folla esulta, i contendenti gioiscono, nell'aria si spande l'odore buono della carne che sta arrostendo sulle griglie improvvisate e intanto cominciano le gare di corsa.

Contendono Teucri e Sicani: Eurialo bellissimo e Niso, più avanti con gli anni, che consumano da tempo un unico, grande amore e, ogni volta che si guardano, scoccano scintille. Poi il regale Diore nelle cui vene scorre il sangue di Priamo, l'acarnao Salio e il tegeo Patrone, quindi Elimo e Panope, due ragazzi trinacrii, e molti altri di cui Ilioneo non conosce il nome. Intanto io li blandisco allestendo i premi: ciascuno di essi riceverà due dardi di Cnosso di ferro lucente e una bipenne argentea cesellata. I primi tre verranno incoronati con foglie d'olivo a testimonianza della bravura; il primo, inoltre, riceverà un cavallo munito di borchie stupende, il secondo una faretra con fibbia gemmata colma di frecce trace, un tempo appartenuta a un'amazzone, il terzo un elmo argolico.

La mente ogni tanto fugge via, lungo le coste libiche tanto amate. Cosa sta facendo Anna? Davvero ha trovato Iarba una persona gradevole? O è stata una finta per farmi partire col cuore sollevato e adesso si sta preparando a soccombere ai suoi assalti? Oh, se davvero Giunone mi fosse amica e si materializzasse qui per darmi sue notizie…

Il pubblico accompagna la competizione col cuore in gola. Parte Niso per primo, scattante, segue Salio e poi

Eurialo per terzo: gli altri dietro a giocarsi sull'attimo le frazioni di velocità. La contesa prosegue quasi invariata per Niso quando, in prossimità del traguardo, sopraggiunge l'imprevisto: Niso non vede il sacro sangue degli animali poco prima immolati e vi scivola sopra, cadendo riverso nello scuro fango. Non si dimentica del suo amore per Eurialo e lo vuol favorire, si alza sul terreno sdrucciolevole facendovi rotolare dentro Salio e questo significa la vittoria per il seducente Eurialo. Secondo Elimo, terzo Diore. Tra i clamori di esultanza e gli applausi, si alza il dissenso di Salio, che urla all'inganno, l'han visto tutti. Ma la gente appoggia Eurialo soltanto perché è bello come il sole, la virtù riluce di meno nel disadorno manto. Ilioneo si intromette a dirimere la contesa, e mentre risarcisce Salio per il fallo subito e Niso per la caduta accidentale – l'uno con una pelle di leone africano dalle unghie dorate, l'altro con uno scudo magnifico sottratto al sacro tempio di Nettuno – versa parole per sottolineare la mia magnanimità.

Non seguo la gara dei cesti né quella delle frecce, mi sembrano così vacue – Ilioneo mi fa notare che Euritione è stato tanto valente da colpire in pieno una colomba mentre volava via –, sono emozionata per Ascanio, che a breve affronterà la sua prima gara. In questi giorni non ha mai cercato di avvicinarsi a me. Ora che ci penso, anche quando eravamo a Cartagine era accudito dal giovane Epitide ed Enea sembrava troppo preso dal suo ruolo per occuparsi del figlio... Forse è questo il motivo per cui si è attaccato tanto a me? Cosa pensa ora che crede che io non ci sia più? Gli manco? Si rammenta ogni tanto della madre adottiva che lo amò fin dal primo incontro?

Ecco i giovanissimi Troiani, le chiome inghirlandate come vuole l'uso, irti sui cavalli, baciati dagli sguardi dei genitori orgogliosi, il pubblico li ammira mentre avanzano impugnando due aste di corniolo con la punta di ferro, il collo è adornato da un cerchio d'oro ritorto. Ultimo – e più bello di tutti – è posizionato il mio Iulo Ascanio. Mi stringe il cuore quando lo vedo maestoso sul cavallo sidonio che gli ho regalato. Lo accarezza con devozione sul collo, si comprende che lo tiene con cura. Ricordo bene il giorno in cui glielo donai, un vento impetuoso soffiava sulla dorsale della Byrsa e noi cavalcavamo spensierati, godendoci un panorama spettacolare all'orizzonte, laddove, verso il deserto, il vento d'argento del tardo pomeriggio rivestiva le dune di una parvenza adamantina.

«È bellissimo, questo cavallo, Didone» ripeteva carezzandolo «ed è anche bravo, non fa scherzi, non si imbizzarrisce, sa evitare i gradoni con agili salti...»

«Ti piace così tanto? È tuo, te lo regalo.»

Il suo volto si era coperto di stupore illuminato, mentre indugiava, come se accettare il dono significasse privarmi di qualcosa di prezioso. Ma io fui ferma e ora ne gioisce il cuore, a vederlo così sgargiante su Xanto, questo il nome che assegnò al quadrupede, in onore del fiume che scorreva di fianco a Troia.

Epitide lancia il via e il fiore della gioventù di Dardano si separa in squadre di tre a brandire avverse armi. Si sfidano con le aste, si minacciano, si rincorrono, intrecciando incroci geometrici con le loro abili cavalcate, mi ricordano i delfini che, nuotando per il mare viola, lo tagliano coi loro dorsi arcuati e mostrano agli spettatori la straordinaria capacità di muoversi sincroni in gruppo. Sono bravi i Teucri a organizzare i giochi funebri, ricordo ciò che Enea mi raccontò sui lunghi funerali del compianto Ettore: sono sicura che Ascanio, ovunque andrà, li insegnerà ai suoi discendenti.

Beneficio per un istante di un momento di pace, che subito viene guastato dal sentore di disfatta. Sta accadendo qualcosa, segnale evidente è il fumo grigio che si leva dal mare. I miei occhi incrociano quelli di Ilioneo, in cerca di spiegazioni, nello stesso istante in cui i suoi si avvinghiano ai miei.

Venere

Saranno le donne la mia esca. Le devo aizzare contro Didone, già hanno annusato la menzogna. Beroe ha sparso la voce, le tapine sono perplesse, scrutare Enea non è servito a dirimere il dubbio, che si è espanso, imprimendosi nei loro scialli. Mentre gli uomini si divertono a onorare il tumulo di Anchise, le donne lo piangono in una spiaggia solitaria e per me è un attimo spargere loro addosso esalazioni di diffidenza.

In un colpo, il loro animo diviene scontento, guardano il mare affrante all'idea di affrontarlo di nuovo. Beroe instilla amarezza e lo fa mirando le compagne a una a una, i lunghi capelli grigi sciolti fino alle spalle come una schiava: «Sventurate, cosa credete che abbia in serbo per noi la Fortuna, se riprendiamo a veleggiare? Davvero volete farvi di nuovo sballottare dai flutti e dalle tempeste, inseguendo le coste dell'Esperia? E guidati da chi, da qualcuno di cui non conoscete l'identità? Avete visto anche voi le mani pulite, le cosce da donna... Non è il nostro

Enea la persona che si occulta sotto quell'elmo, la stessa che – forse proprio per non farsi riconoscere – fingendo di aver perso la sua voce, ce la tiene celata. Che fine ha fatto il nostro re? C'è qualcosa sotto, sento l'odore dell'inganno...».

Le altre incalzano, inveiscono contro l'usurpatrice, danno chiari segni di ribellione, mentre Beroe, quasi invasata, procede, alzando la voce perché le sue parole si imprimano bene nel petto di tutte: «È da sette anni che sopportiamo i travagli dei viaggi e della sorte. Non ne avete abbastanza? Chi ci impone di proseguire? A che pro? Forse per tallonare i nostri uomini, che tanto di noi non si curano? Guardate come stanno bene, ora, come si divertono e mangiano e si sollazzano, mentre noi siamo relegate sulla spiaggia. Davvero volete riprendere il mare e farvi comandare da qualcuno che forse ha spodestato il nostro Enea?».

Effondendo un nuovo malcontento dall'alto tra le presenti, le convinco, assieme alle parole di Beroe che alle mie orecchie suonano come balsamo, che la cosa migliore è rimanere in Sicilia e impedire alle navi di intraprendere un nuovo corso. Si convincono che vogliono restare nelle contrade di Erice e lì fondare una nuova sede, son certe che Aceste le asseconderebbe. Ma a Beroe questo non basta, così instillo la malsana idea: «Avanti, sorelle e amiche, impediamo nuove navigazioni, bruciamo le infauste navi!».

Afferra un tizzone e lo brandisce nell'aria, poi lo scaglia verso una nave.

Le altre la vorrebbero imitare, ma subito prende loro il tremore, non osano un gesto ritenuto empio nel fondo del cuore, incerte tra il neonato amore per la terra calpestata e la meta imposta dal Fato.

Devo intervenire, spronarle con un prodigio. Col movimento sinuoso delle mani faccio in modo che si disegni nel cielo, sotto le nubi, un immenso arco.

Le meschine lo notano subito e lo interpretano come un segno: gridano parole rabbiose e insensate, anche loro attingono i tizzoni dai focolari delle are e li gettano, assieme alle fiaccole, nelle cavità delle navi, ormeggiate senza difesa. In men che non si dica il fuoco divampa come nella fucina di mio marito Vulcano, che cento volte è stato tradito e altrettante ha chiuso un occhio. Le imbarcazioni sfrigolano, le fiamme si rispecchiano saltellando sulle onde che intanto un gregge di nuvole cupe ha oscurato.

Sopraggiunge per primo Ascanio, avendo lasciato il torneo equestre e, dietro di lui, i contendenti sbigottiti, arrivano al galoppo dietro la scia inquietante del fumo nero. È proprio il mio nipotino a parlare, vuole disfare la trappola micidiale che ho creato nei cuori di queste donne, sta diventando un ometto, e – sicuro nell'eloquio quanto lo era suo padre – redarguisce, alludendo all'incendio che divampa sugli scafi: «Siete pazze? A cosa puntate bruciando le nostre navi? Non state distruggendo le truppe ostili degli Achei, ma le vostre stesse speranze!».

Getta a terra l'elmo e le astanti, smesso ogni livore, si sentono all'improvviso tremendamente in colpa. Si sparpagliano per la riva, fuggono nelle selve e intanto le chiglie sono divenute un rogo che fiumi d'eroi scelti tentano di spegnere. Voglio proprio vedere come ne uscirà Didone.

Didone

Le Troiane hanno ridotto in cenere alcune navi. Per fortuna non tutto è perduto, il lavoro alacre degli uomini procede in un brulichio di affanni per salvare il salvabile, mentre Ilioneo, in mia vece, invoca Giove onnipotente. Subito dopo la preghiera, scrosci improvvisi di pioggia si riversano sulla terra con violenza, mentre i tuoni ci ottundono l'udito. Sembra proprio un prodigio, se non fosse che io non credo in tali inganni, eppure è strana questa tempesta, pare giunta apposta per aiutarmi a spegnere gli incendi, i legni si imbevono di acqua interrompendo le vampe e tutte le imbarcazioni vengono salvate, eccetto quattro, perdute per sempre.

Valuto cosa fare, devo trovare una soluzione. Subito. Come la notte in cui salpammo da Tiro e la fretta fu audace consigliera. Ce l'ho fatta allora e rischiavo cento volte più di oggi, perché Pigmalione è avido e viziato, non è avvezzo alle fatiche come i Teucri, non sa condividere il dolore, se mi avesse presa si sarebbe trastullato a torturarmi.

Si accosta Ilioneo, chiedendomi istruzioni. E in quel momento decido di palesarmi. Ancora sul cavallo, davanti a tutti, mi tolgo l'elmo.

Un sospiro di sbalordimento si alterna a sussurri sommessi e qualcuno arretra di un passo. Non Ilioneo, lui rimane saldo al mio fianco, consolidandomi l'impressione che già avesse presagito la truffa.

«Tu non sei Enea!» mi accusa Beroe con volto carico di odio. Ilioneo tenta di zittirla, ma io intervengo: «Lasciala parlare. Che faccia uscire dalla bocca le sue rimostranze, non ha tutti i torti».

Provo un po' di compartecipazione per queste donne esauste. Hanno osato ribellarsi, giovani e vecchie, si sono alleate per una causa in cui credevano, sovvertendo il ruolo assegnato loro dagli uomini: meritano rispetto. La lingua di Beroe è un serpente di lava incandescente, le sue accuse zampillano: «Dov'è Enea? Perché tu, straniera, sei sul suo cavallo? Non è partito da Cartagine sulle navi frigie, confessa: tu indossi l'elmo e ti nascondi al nostro popolo! Cosa gli hai fatto?».

«State cadendo in un grande errore» dichiaro solennemente, preparandomi alla più grande bugia che abbia mai non solo proferito, ma anche udito. E proseguo, mentre il silenzio cala sulla folla: «Non so spiegarvi come sia potuto accadere questo prodigio, ma, una volta salpati da Cartagine, mi sono ritrovato nelle sembianze di Didone. Credo che Giunone – di cui la regina era devota e alla quale aveva innalzato, come voi sapete, un maestoso tempio a Cartagine – mi abbia voluto punire, adirata con me per il suicidio della sua protetta».

Lo sbigottimento dei presenti si palpa nell'aria sotto forma di sospiri e sguardi attoniti. Non so come mi sia venuto in mente la storia del prodigio, forse sentirne parlare tante volte Enea ha sortito i suoi effetti.

Sono di fronte a un popolo che attribuisce un significato al volo degli uccelli e ai rumori improvvisi della natura: perché mi meraviglio se nessuno pare dubitare della mia rivelazione? Nessuno tranne – forse – Palinuro, l'unico che mantiene la bocca in un ghigno serrato. La apre solo per indagare: «Perché non ci hai detto niente?».

«Temevo che non mi avreste creduto.»

«Io infatti non ci credo. Dacci una prova che non sei Didone.»

Certo, Palinuro. Non ci credi perché sei intelligente. L'enigma è un altro: perché sacrificare proprio Didone in questa storia? Come mai tutti gli altri si sono bevuti la favola della regina sofferente che si è buttata su una spada solo perché Enea se ne sarebbe andato via da lei? Una donna che ha conosciuto ben peggio di un abbandono...

Hai ragione, Palinuro, se non ti aggrada questa versione. Ma io devo obbligarti a crederci, quindi cerco di essere molto convincente, anche a discapito della mia fama, sulla quale penderà sempre l'ombra di essere stata una donna fragile: «Invece è andata così. Didone si è uccisa con la mia spada, non ha sopportato la notizia della nostra partenza. Ilioneo stesso ha visto il feretro».

Ilioneo, sul quale convergono gli sguardi di tutti, conferma con la testa. In realtà lui ha visto la salma avvoltolata nelle stoffe, senza sondare cosa contenesse.

«Allora dacci una prova che sei Enea. Raccontaci come si chiamavano i tuoi cugini.»

Glieli nomino velocemente, come se fosse una seccatura, grata ai momenti trascorsi in compagnia di Enea, soprattutto i primi tempi, quando lui parlava incessantemente di sé, dei suoi antenati e dei suoi familiari, mentre io trascorrevo ore ad ascoltarlo. Questo colpo di fortuna tiene buono Palinuro, ma forse solo per il momento. Nonostante la mia frottola abbia funzionato, qualcosa si è disgregato nella compagine troiana e sarebbe stolto negarlo. Devo rievocare l'arte retorica del loro capo, altrimenti non la scamperò mai.

Replico le posture che lui assumeva quando si esibiva alle platee: «Sono sempre stato un re giusto e tale voglio rimanere. Oggi è accaduto qualcosa di grave, una ferita aperta per il popolo di Dardano. Le donne sono stanche di navigare e si sono ribellate: non vanno additate, ma accontentate. Io non voglio costringere nessuno a seguirmi. Quindi...».

Tra le reazioni è una quella che mi preme di più. Mi volto verso Ascanio e lo trovo perso. Non capisce cosa stia accadendo, non riesce a sommare gli eventi, mi studia come se fossi una pantera bianca.

Lo rassicurerò appena possibile, ma ora ho altre urgenze, devo risolvere la questione teucra: «Quindi io proseguirò il viaggio, ho un Fato stabilito per mio figlio da far avverare. Le terre ausonie attendono Ascanio, da cui discenderà una stirpe memorabile e un popolo che farà parlare tutto il mondo di sé. Un popolo di conquistatori, che forse Cartagine odierà per come mi sono comportato con la sua sovrana. L'ho lasciata dopo averla trattata come una moglie. E me ne stavo andando da vile, senza dirle niente».

«Tu non l'hai mai sposata!» si leva la voce acida di Beroe, che liquido con un'occhiata di spregio: «Non giudicare cose che non conosci, Beroe. La nostra unione era per noi come un matrimonio. Vi impongo questo, Troiani e Troiane: mi segua soltanto chi lo vuole. Chi mi riconosce come sua guida, chi crede in me. Gli altri sono liberi di restare, Aceste li accoglierà a braccia aperte e consentirà loro di fondare una nuova città».

Aceste, anche lui tra gli spettatori, china il capo come per assentire. Ostacolarmi significherebbe mettersi contro Venere.

«Affido ad Aceste tutti coloro che dubitano di me o coloro che vogliono restare perché afflitti dal lungo viaggio. Chi decide di partire, però, deve confidare in me: vi lascio liberi e libere di decidere, ma dopo non voglio tentennamenti. E tu, Ilioneo, dà le indicazioni per allestire la partenza. Salperemo subito dopo che avrò circoscritto la città nuova con l'aratro e la gente avrà sorteggiato le case. Aceste, poi, aiuterà per la fondazione di templi e luoghi istituzionali. E ora ingraziamoci gli dèi per i sacrifici, tre vitelli per Erice e un'agnella per placare le Tempeste. Ruberò loro la vita e li smembrerò per gettarne le viscere, assieme al vino, nei flutti salmastri del mare.»

Le navi si riducono, solo una parte sceglie di seguirmi, si tratta dei migliori. Non so come sia potuto accadere: ma la fandonia del prodigio ha funzionato. Oggi imparo una grande verità: quanto più una menzogna è inammissibile, tanto più, se sostenuta con impeto, verrà creduta dalla folla sprovveduta.

Giunone

Sono stesa a terra dalle risate. Provo a rialzarmi, ma subito mi prende un nuovo attacco che mi piega in due e intanto la volta azzurro-oro dell'Olimpo rimbomba della mia allegria tonante. Che mente sopraffina, Didone: l'itacese Ulisse non è degno di lavarle i piedi, a questa grandiosa regina truffatrice.

Che meravigliosa trovata, che ingegno! Mi figuro la faccia di Giove, chissà se il mio olimpico consorte avrebbe mai immaginato che una donna fosse capace di inventare una frottola così geniale?

E Venere? Venere come si sta contorcendo? Avrà impiegato almeno qualche minuto a comprendere cosa stesse succedendo. Fantastico sul suo volto attonito e incredulo, povera sciocca, e non riesco a smettere di ridere, meglio che nessuno mi veda ridotta così, talmente divertita dalle imprese umane da non poter evitare di seguirle notte e giorno.

Didone, comunque, si è mostrata mia degna protetta. Una vera lestofante. Imprevedibile come solo le donne possono essere. Si merita un po' d'aiuto, venti propizi e acque spianate, disperdo i nembi dall'alto cielo e le concilio un sonno riposante, ha troppo affanno nel cuore, tormentata dalla dipartita, già triste per la sorella non più vicina, in ansia per i destini futuri. Mentre dorme, la visita in sogno sua madre, suggerendole di consultare la Sibilla Cumana e di recarsi nel profondo Averno: lì qualcuno le infonderà la forza per proseguire con la determinazione che i troppi, sanguinosi eventi, le hanno fatto vacillare.

Arriva la mattina della partenza, una tristezza densa trasuda attorno, quando i Troiani salutano i fratelli e gli amici che non rivedranno mai più. La flotta si è dimezzata, molti hanno scelto, seppur a malincuore, di restare. Nessuna perdita per Didone: i più valorosi hanno deciso di seguirla, gli altri si sarebbero rivelati un intralcio, prima o poi, perché non convinti fino in fondo. L'unico che scorta Didone-Enea senza essersi liberato dai dubbi è il nocchiero Palinuro. Si arrovella e si danna per averle rivolto la domanda sbagliata, se le avesse chiesto qualcosa di più specifico riguardante il loro viaggio, qualche dettaglio inutile che Enea non avrebbe mai raccontato, forse l'avrebbe incastrata.

Tesi i pennoni alle vele, le navi procedono sospinte da fauste brezze. Ilioneo trascorre il tempo a convincere gli altri della vera sostanza di Enea e lo fa con troppa enfasi per la mia protetta, tanto che lei cerca di trovarsi da sola nella stiva con lui e lo affronta di petto, scrutando dentro al lago nero dei suoi occhi luminosi: «Perché lo fai?».

«Cosa?»

«Perché mi stai aiutando così?»

«Sei il mio capo, ne abbiamo passate tante insieme.»

È sincero? Davvero non ha dubitato nemmeno un attimo? pensa la regina travestita da re.

Lui per la prima volta le gira le spalle, per tornare sul ponte, come se volesse tagliare il discorso, lasciandola sola e pensosa nel buio della stiva.

La notte è scesa con il ditirambo brillante delle stelle e Didone-Enea ha resistito al sonno finché ha potuto: poi gli occhi si sono chiusi alla stanchezza e così è stato per il resto della ciurma.

Proprio mentre quasi tutti dormivano, è avvenuto il fatto. Palinuro, sospettoso, meditava come smascherare Didone-Enea pubblicamente, cosa domandarle davanti agli altri, qualcosa che fosse palese ai Troiani e sconosciuto a una straniera, un particolare che il suo re non potesse averle raccontato.

Se quella persona non fosse Enea e lo avesse spodestato – come Palinuro sospetta –, allora potrebbe gettarla in mare e prendere lui il suo posto: non è forse stato tutto il tempo al timone, in questi anni? Sarebbe la persona più adatta a guidare il suo popolo verso una nuova fondazione.

Ma non fa in tempo, le cattive intenzioni si dissolvono nelle rade foschie della notte. Mentre il nocchiero si consuma in lividi pensieri, puntando l'Orsa e le Pleiadi, sopraggiunge qualcuno alle sue spalle, col volto coperto, irriconoscibile, e lo colpisce a tradimento, stordendolo con una clava. Poi lo getta in mare e scivola via, avvolto dal silenzio connivente della notte.

Questi uomini.

Non mi posso distrarre un attimo che già ne hanno combinata una.

Quando gli altri se ne accorgono, è troppo tardi. Hanno da poco lambito gli scogli insidiosi delle Sirene, ma l'oscurità li ha protetti e nessun canto femminile li ha tentati, né la nave senza timoniere si è accostata troppo ai lidi nefasti, puntellati di bianche ossa. Così l'indomani approdano alle euboiche spiagge di Cuma e assicurano le navi con le possenti ancore, lasciandole al largo per prudenza, con le curve poppe rivolte a riva.

C'è un particolare di cui questi individui non tengono abbastanza conto, ingrati come sono e col capo conficcato nel terreno del loro piccolo orticello: di tutte le volte che la Fortuna li soccorre.

Didone

Armata come i miei seguaci, non dovrò rendere conto alla Sibilla Cumana, la profetessa di cui ho sentito parlare fin da quando ero bambina. Ascanio e una parte degli uomini resteranno a sorvegliare le navi: non voglio che il piccolo si impressioni di fronte alla sacerdotessa di Apollo, che quando viene attraversata dalla voce del dio pare che trasfiguri. Stanotte faticava a prender sonno, avrei voluto stringerlo tra le mie braccia e cantargli una canzone fenicia, ma lo avrei insospettito. È un ragazzo intelligentissimo, sensibile, abituato dal padre a un lungo esercizio di pazienza. Possiede un equilibrio che stona con la sua età. Mi sono limitata a sedergli accanto e raccontargli la storia delle fatiche di Ercole. Alla fine mi ha domandato: «Ma perché Giunone odiava così tanto Ercole?».

«Perché Giove l'aveva concepito con un'altra.»

«Forse odia anche te, perché Didone si è uccisa?»

Lo guardo sgomenta. Vorrei tanto confidargli la verità, ma temo che verrebbe destabilizzato molto più di quanto gli eventi già hanno fatto. Potrei trovare il modo di rendergli la questione più dolce?

«Non credo che Giunone sia così crudele.»

«Allora perché ti ha trasformato?» mi domanda, sgranandomi addosso i suoi occhioni pieni di paura e curiosità.

«Forse voleva che in me restasse qualcosa di Didone. Forse più che una punizione è un dono.»

«E tu… quando tornerai tu?»

«Non lo so, Ascanio» cerco un segnale dall'alto, ma non arriva. O forse io non lo so cogliere. «Però potrei restare così per sempre. Ti darebbe fastidio?»

«No, affatto. L'idea che in te ci sia anche Didone non mi dispiace.»

«Ti eri affezionato a lei?»

«Moltissimo. E mi manca.»

«Bene, visto che un po' di lei è dentro di me, se non ho capito male il messaggio di Giunone, quando senti la sua mancanza vieni a cercarmi.»

Tra poco arriveremo davanti all'oracolo più celebre dei nostri tempi. Mi presenterò come Enea e la Sibilla saprà tutto ciò che deve sapere, non verserà parole inutili. La sua fama si spande per i mari, i suoi poteri coprono il mondo del visibile e dell'occulto: chissà perché proprio mia madre mi è apparsa in sogno, incitandomi a venire qui. Forse è una trappola, un'insidia tesa da Enea per castigarmi? Ma di cosa? Perché ci impuntiamo a trovare qualcosa per autopunirci? Non l'ho ucciso volontariamente, ho ripensato tante volte a quegli istanti e non riesco a capacitarmi di come sia potuto scivolare in maniera così maldestra sulla sua spada che impugnavo senza intenzioni belliche...

Io e gli altri ci arrampichiamo verso le vette, resistiamo alle ardue salite e intanto penso a Palinuro, a quando avevo trovato la nave senza guida. Nell'immediato mi ero consultata con Ilioneo: «Cosa può essere accaduto?».

«Non lo so. Un colpo di sonno. O un dio che l'ha punito.»

Ho optato per il colpo di sonno e in queste settimane ho cercato di non pensarci.

Mentre attraversiamo i boschi di Trivia, una morsa al petto mi ricorda quanto mi manchi la cara Anna. Cosa sta facendo in questo momento? Anche lei ogni tanto mi pensa? Certo che sì, non è cosa da dubitare.

Una volta raggiunto l'inquietante antro della sacerdotessa di Apollo, osserviamo basiti i bassorilievi d'oro delle porte, che istoriò lo stesso Dedalo, l'architetto di Minosse, dopo aver attraversato il cielo con ali di cera. E non è un caso che raccontino le storie di cui lui stesso fu testimone o artefice. Sui battenti è narrata la morte di Androgeo, figlio di Minosse e Pasifae, la cui bravura ginnica gli Ateniesi non sopportarono e lo uccisero, lui così giovane, solo per invidia. Fu allora che Minosse lo vendicò muovendo guerra ad Atene – e vinse, sospinto dal furore – quindi pretese un tributo annuo di sette giovani e sette giovinette da sacrificare al suo figliastro, il Minotauro. È scolpita la storia dell'immonda infatuazione da cui nacque la creatura taurina, quando sua madre Pasifae, resa folle da Poseidone, perse la testa per un meraviglioso toro e commissionò a Dedalo di costruire una giovenca di legno, entro la quale sarebbe entrata per poter giacere con l'animale. Frutto di quest'insana passione fu il mostro metà uomo e metà toro, qui raffigurato più volte: mentre arranca per il labirinto, mentre divora le sue prede dalle carni tenere, mentre viene trafitto da Teseo, che riuscì a salvarsi solo grazie al filo offerto da Arianna, che già, abbandonato il fratellastro, parteggiava per il nuovo, irresistibile amore ateniese. Scorgo anche il volo folle di Dedalo, quando ideò con cera e piume ali d'uccello da indossare per sfidare i cieli. Ma l'artista non riuscì, in questi battenti, a raffigurare la caduta del suo Icaro, incauto e sprovveduto, troppo sarebbe stato il dolore nel ripercorrere la rovina del figlio.

Ormai ci siamo, è giunto il momento.

Si compie un'epifania: appare all'improvviso.

Ecco la longeva sacerdotessa, Deifobe di Glauco, lunghi capelli bianchi e volto di chi non si fa più toccare da niente. Ci impone di sacrificare sette giovenchi e sette bidenti e io eseguo solerte, affiancata da Ilioneo e da pochi altri. Ci fa incamminare dentro a un antro che si spalanca su un lato della rupe euboica: dentro vi sono cento ampi varchi e altrettante porte attraverso cui riecheggiano molteplici voci a riportare i responsi della Sibilla.

Mi salta il cuore in gola, mentre la vedo trasecolare. Le muta il volto, le ciocche canute dei capelli si agitano scomposte, alza il petto ansimando, sembra perfino di statura più alta e parla con voce sovrumana, come se fosse Febo in persona: «Cosa vuoi sapere da me? Non esitare a chiedere, altrimenti nulla ti sarà rivelato».

Cerco di rispondere con voce virile, ma senza eccedere con le menzogne: «Apollo divino, che tante volte hai protetto il popolo troiano, aiutami a guidarlo in Lazio, dammi consiglio! Voglio che si compia per Ascanio il destino predetto. In cambio, io fonderò in tuo onore un tempio di solido marmo e istituirò giorni di festa nel nome di Febo. E a te, o divina, attende un sacrario dove riporrò gli arcani da te predetti».

Mentre l'invasata si scatena, sconquassata dalla violenza divina, con gli occhi trasmutati, si aprono le cento porte del tempio, attraversate dai responsi della profetessa: «L'hai scampata grossa, tu che guidi i Frigi verso le terre ausonie. Non stare in pena, ciò che è predestinato si avvererà. Piuttosto lo otterrete col sangue e col sudore e forse arriverà il giorno in cui vacillerete e desidererete non essere mai arrivati. Ma nemmeno allora perdetevi d'animo! Se cacci il timore dal tuo cuore, se non cedi ai mali, se resisti alle cadute attingendo alla tua immensa forza, allora ce la farete».

La veggente si ricompone d'un tratto, come se Febo fosse spirato via. Il dio ha detto ciò che era necessario, dovrò ripensare a ogni singola parola e a possibili interpretazioni, perché il responso – lo sanno tutti – non è mai univoco.

Deifobe è tornata in sé: sembra più piccola, più vecchia, ma non meno sicura. Le chiedo di portarmi nell'Aldilà. Mi risponde serafica: «Non è difficile scendere negli Inferi: la cosa complicata è uscirne fuori. Sicuro che vuoi vedere per due volte il nero Tartaro?».

Qualcuno l'ha fatto e ci è riuscito. Scese Orfeo nell'Averno per riprendersi la sua sposa, ma commise un gravissimo errore: non seppe resistere alla tentazione di voltarsi indietro per guardarla e la perse per sempre. Poi Polluce, Teseo ed Ercole. Ora è giusto che tocchi a me.

«Sono sicurissimo di volerlo fare.»

«Allora segui attentamente le mie indicazioni. Devi cercare nei boschi un ramo d'oro dentro a un albero frondoso e, quando lo avrai trovato, dovrai staccarlo. Non ti dar pena per la pianta: spezzato il ramo, subito ne cresce un altro, sempre d'oro e lucente.»

«Verrà via facilmente?»

«Se sei degno di proseguire il cammino, sì. Altrimenti nemmeno cento carri potrebbero strapparlo.»

Il primo passo, come ogni volta che l'uomo intraprende qualcosa, è compiere sacrifici in onore degli dèi. I miei uomini si impegnano con zelo nella selva, tagliano tronchi di pini e di elci e di frassini ed elevate querce, ne ammonticchiano i pezzi per realizzare un'ara e io intanto affondo nel folto del bosco. Come farò a trovare l'albero dal ramo luminoso, in tutta questa fitta vegetazione?

Cammino sospinta da qualcosa che non conosco, è come se mi lasciassi guidare da un raggio invisibile. Talvolta noi mortali ci danniamo in anticipo per cercare una soluzione che in realtà si potrebbe ottenere con estrema naturalezza. Raggiungo l'albero come se le sue radici mi avessero attirato e la mia certezza che gli dèi si disinteressino alle nostre vicende per un secondo traballa: le lamine d'oro, che oscillano al lieve vento, si lasciano strappare docilmente, come se fossero state lì, tutti quegli anni, ad attendermi, serene e abbacinanti.

Venere

Ora anche nell'Averno scende la fenicia. Inaudito! Nessuna donna mai ha superato quel varco da viva, chi è Didone per farlo?

La vedo avvicinarsi alla profonda grotta rocciosa, sul far della sera. Indossa ancora l'elmo ed è protetta dalla fitta oscurità dei boschi e da un lago nero, detto d'Averno, che emana esalazioni tali che nessun uccello può senza rischio volarvi sopra. Appena scende la notte, Deifobe posiziona quattro giovenchi dal vello nero come l'acqua del lago e versa vino sulle loro fronti. Non si accorgono quando strappa loro delle setole, togliendole dal pelo compreso tra le corna. Le fa incenerire sul fuoco votivo, invocando Ecate, la potente signora dell'oscurità, colei che regna sulla notte, sui demoni malvagi, sulla luna, sui fantasmi, sui morti. Si procede al sacrificio, il nero sangue delle vittime è raccolto nelle coppe.

Didone uccide con la spada un'agnella nera, in oblazione alla madre delle Eumenidi e alla grande sorella, mentre offre una vacca sterile alla dea degli inferi Proserpina, ma non è finita, quanto sontuosi sono i sacrifici per il mondo oscuro: vengono imbanditi notturni altari al re stigio e visceri di tori, mentre il grasso sfrigola sulle fiamme.

Il tempo dell'attesa è per loro palpitante, ma non dura molto, appena Aurora allunga sul mondo il suo velo dorato, la terra trema, le cime delle selve oscillano e sembra di udire gli ululati di mille cagne. La Sibilla capisce che è giunto il momento e si appresta a condurre Didone nei luoghi proibiti, regno delle ombre silenti, di Caos e Flegetonte.

Nel vestibolo si annidano il Pianto e gli Affanni vendicatori, gli stinti Morbi e la malinconica Vecchiaia, la Paura, la Fame, la Miseria e – orribili a vedersi – il Dolore, la Morte, col suo parente il Sonno e sua ancella la Guerra. Tra queste calamità spicca anche la Discordia, coi capelli di serpente intrecciati di bende cruente.

Un immane olmo scuro troneggia nel mezzo, pieno di fronde: qui dimorano i sogni fallaci, celati sotto le foglie.

Le due donne proseguono, senza farsi atterrire da Centauri, da Scille biformi né dall'Idra di Lerna o da Briareo con cento braccia né dalla Chimera, dalle Gorgoni o dalle Arpie: ciascuno dei mostri si esibisce nel suo prodigio.

Gli spiriti si addensano sulla riva d'Acheronte, sono tantissimi e di ogni sesso, di ogni età, codardi e valorosi, tanti quanti le foglie che in un bosco cadono quando sta per sopraggiungere l'inverno. Non tutti possono attraversarne le acque: gli insepolti non meritano di entrare nell'Averno, almeno non prima che siano passati cento anni. Tra questi, Didone scorge Palinuro e un brivido la percuote dentro.

Lui le si avvicina astioso. Lo so cosa passa nella testolina della regina che ha usurpato la vita di mio figlio. Ha paura di essere palesata davanti alla sacerdotessa. Ha paura di non reggere più la menzogna, in quei luoghi senza tempo la verità non può essere mascherata, non è più un passatempo da celare al prossimo. Lei cerca di dominare l'angoscia, infondendosi forza e pensa: Non può farmi niente. È soltanto un'ombra.

«Mi hai ucciso tu?» le domanda lui, con lo sguardo impantanato dal livore.

«No» lei scuote la testa, lui cerca una conferma negli occhi sinceri di quella persona che respira. «Perché avrei dovuto farlo? Saremmo rimasti senza un navigatore, avrei fatto del male a me stesso. Sei stato vittima di un agguato, quindi? Tu non conosci il volto di chi ti ha ucciso? Chi potrebbe essere mai stato?»

«Qualcuno mi ha stordito nel buio e mi ha gettato in mare. Ma non sono morto annegato. Ho nuotato finché ho potuto per tre notti, sferzato dal Noto invernale, finché il quarto giorno è spuntata da lontano l'italica terra. Mi avvicinavo spossato e mi sarei salvato se non fossi stato attaccato a tradimento dalla crudele gente del luogo, che – credendomi un nemico – mi ha assalito con le lance, mentre mi aggrappavo a fatica, impacciato dalle madide vesti, alle rocce sporgenti della costa. Ora sono in balìa delle onde, sballottato dai venti.»

«Mi dispiace molto, Palinuro.»

Al nocchiero non interessa più chi sia la persona che gli sta davanti, ha un'altra preoccupazione.

«Ti prego, quando tornerai tra i vivi, strappami da questa condizione, fa' in modo che io non vaghi per sempre insepolto!»

«Palinuro, ti do la mia parola. Ti onoreremo come meriti, ti sarà eretto un tumulo dove verranno versate offerte e quel luogo prenderà per sempre il tuo nome.»

Didone

Raggiungiamo le sponde dell'Acheronte, dove un tetro gorgo di fango ribolle preparandosi a sfociare nel Cocito. Custode di queste scure acque è lo squallido Caronte, che traghetta le anime da una sponda all'altra: canuto, barba incolta e bianca, occhi infiammati, sulle spalle un lurido mantello. Ci colpisce astioso con la brace del suo sguardo: «Fermatevi! Sulla barca stigia non possono salire persone vive, perché vi avvicinate? Questo è il luogo delle Ombre e io devo impedirvi la strada. Lo feci già con Ercole, con Teseo e Piritoo, valorosissimi e con sangue divino. Ma voi?».

«Smettila di sbraitare» interviene la Sibilla «sto accompagnando tra le profonde dimore dell'Erebo il troiano Enea, eroe glorioso reduce dalla guerra di Troia. Vuole parlare con suo padre Anchise.»

Caronte mi squadra coi suoi occhi di brace e sembra che stia indovinando chi sono, come se l'elmo fosse invisibile. L'anfrisia, veggente di Apollo, lo previene: «Perché tu non ci intralci, Enea ha qualcosa da mostrarti».

Capisco al volo a cosa allude ed estraggo dalla tunica il ramo d'oro. Così si acquieta il cuore rabbioso di Caronte, che ci traghetta silenzioso dall'altra parte, landa di fanghiglia e di erba palustre.

Il primo mostro che vedo là è l'avido Cerbero, che riempie i lividi regni col suo latrato, di fronte a un antro che ricopre con la sua immensa mole. Ringhia con le sue tre fauci e colli arruffati di serpenti, per placarlo la profetessa gli lancia un'offa di miele e farina, protetta da una fattura.

Mi sembra impossibile essere giunta davvero nel regno dei morti.

Si alzano grida, alti lamenti, pianti di bambini strappati troppo presto alla vita, al limitare della soglia. A ogni anima Minosse assegna il suo posto. Prima ascolta le storie delle loro esistenze, poi sentenzia.

Qui vicino stanno i Campi del Pianto, che ospitano chi si strugge ancora per amore come Fedra e Procri. Poi Evadne e Pasifae, pazza per lo splendido toro, Laodamia e Ceneo, quest'ultima un tempo femmina che chiese a Poseidone di essere trasformata in uomo. Deifobe me le indica una a una, ma io mi ipnotizzo di fronte alla triste Erifile che, uccisa dal figlio Alcmeone, mostra ancora le ferite mortali.

«Morirono per amore» mi dice la mia guida.

«Non è amore se poi ti ammazzano.»

«Hai ragione. Morirono per colpa di qualcuno che avevano amato e da cui credevano di essere amate. Invece, da parte del futuro assassino, c'era solo egoismo e brama di possesso.»

Scorgo una sagoma conosciuta che prima si confondeva dietro alle altre e sento un colpo al cuore. Enea sta avanzando verso di noi, con il ventre ancora grondante di sangue, devo ricordarmi che è solo una parvenza impalpabile. Cerco un aiuto negli occhi della profetessa, lei si limita a un gesto di assenso con la testa, come se volesse incitarmi a non avere timore. D'un tratto comprendo che era da sciocca credere anche solo per un istante che avrei potuto celare quel grande segreto alla Sibilla. A lei nulla sfugge.

Così avanzo di un passo verso Enea, che fissa gli occhi torvi al suolo come fa chi non vuole ascoltare: «Mi dispiace tantissimo per quel che è successo. Non ho provocato io la tua morte, ci è sfuggita di mano la situazione. Giuro per le stelle e i celesti che non volevo andasse a finire così... Fermati, perché ti allontani, chi fuggi? È l'ultima volta, questa, che possiamo parlarci...».

Lui – volto immobile come solida selce o roccia marpesia – si rivolge altrove, mi gira le spalle e scompare nel bosco, dove lo attende Creusa che gli porge la mano evanescente. Guardo di nuovo la Sibilla, che subito mi soccorre a parole: «Non essere così sbigottita. Non puoi pretendere che ti riveda con gioia».

«Tu sai che io...?» le chiedo una conferma, togliendomi finalmente quell'elmo che mi infuoca gote e capelli.

«Da prima che tu arrivassi.»

Ingoio l'amarezza – non c'è tempo per le esitazioni – e mi lascio condurre lungo la terra dei guerrieri, che la morte ha inghiottito a bizzeffe. Qui noto Tideo, Partenopeo e Adrasto e molti dei Frigi morti in battaglia, di essi mi aveva parlato a lungo Enea: Glauco, Medonte, Tersiloco e Ideo, che ancora impugna le armi. Vediamo il priamide Deifobo col corpo a pezzi e amputato, senza mani, senza naso e senza orecchie, le tempie scalfite: lo ridusse così Elena, gli era capitata in moglie in terze nozze, dopo Menelao e dopo Paride, ma non l'aveva mai amato. Eppure lui aveva fatto di tutto per sposarla, ignaro che sarebbe stato braccato proprio dalla donna più bella del mondo. Lei lo aveva tradito, la notte dell'assalto al cuore di Troia: la Spartana aveva fatto ubriacare Deifobo, rendendolo completamente indifeso quando era sopraggiunto Menelao e, assieme a lei, ne aveva festeggiato la morte mutilandolo orrendamente.

Intanto Aurora infusa di rosa ha attraversato metà del cielo e la sacerdotessa di Apollo, indicando sotto una rupe alte mura circondate da un triplice bastione e accerchiate da un fiume rovente, suggerisce di affrettarci: il fiume è il Flegetonte e trascina pesanti macigni. La porta delle mura è immensa, issata su colonne gigantesche e custodita dalla Tisifone vendicatrice, Furia senza pietà, che flagella i colpevoli con frustate crudeli, nella sinistra stringe serpenti contorti.

La porta si dischiude con tenebroso rumore. Il suo custode è un mostro orrendo: l'Idra di Lerna, con cinquanta nere fauci. Oltre, si apre a strapiombo il cupo Tartaro, fin negli abissi della Terra: proprio nel fondo rotolano i Titani, sconfitti dai fulmini dopo aver osato sfidare gli dèi dell'Olimpo. Poi i gemelli Aloidi, che attentarono al regno di Giove, cercando di lacerare con le mani la volta del cielo, quindi Salmoneo che fu così presuntuoso da volersi sostituire a Giove e andava un tempo esultante tra le colline della Grecia, imitando i fulmini del padre degli dèi, finché il Cronide stesso lo colpì con un dardo che lo conficcò nelle profondità del mondo.

Deifobe mi indica Tizio, che non avevo distinto come figura, perché così esteso che arriva a una lunghezza di nove acri: ma subito riconosco l'enorme avvoltoio intento a rodergli il fegato, torturandolo col suo becco aguzzo. Figlio di Zeus ed Elara, crebbe così tanto che ruppe l'utero della madre, uccidendola senza volerlo, e la gestazione passò alla madre Gea, che lo diede alla luce. Nel Tartaro paga la tentata violenza a Latona, proprietà di Giove: Diana e Apollo lo uccisero con una pioggia di frecce, ma ciò non bastò, il padre degli dèi ideò per lui una punizione eterna.

I castighi, qui, sono molteplici. Il popolo dei Lapiti, i loro re Piritoo e Issione ne hanno uno peculiare: sopra le loro teste vacilla una nera roccia, sempre sul punto di cascar loro addosso. Davanti a loro sono imbanditi cibi invitanti, ma appena i meschini cercano di acciuffarli, glielo impedisce con un balzo la più grande delle Furie, acquattata lì vicino, tuonando con la voce.

La mia attenzione viene distolta da una torma di anime consumate in diverse punizioni: c'è chi fa rotolare un macigno grandissimo, chi pende immobilizzato ai raggi di una ruota e Flegias redarguisce tutti. Grazie ai suoi moniti capisco il motivo per cui ciascuno finì qui: perché odiò fin nelle viscere il fratello o percosse il padre o tramò un inganno verso qualcuno che si fidava di lui o rinvenne un tesoro e non lo spartì con nessuno – l'avidità è la deviazione più pervasiva – o ricevette la morte per adulterio o imbrogliò il proprio ignaro padrone. Poi chi tradì la patria lasciandosi corrompere dall'oro, chi aiutò un protervo tiranno, chi manipolò le leggi per suo tornaconto, chi si macchiò d'incesto con la propria figlia e molte altre colpe che avrei ascoltato volentieri, se Deifobe non mi avesse spronato a proseguire.

Procedendo per le vie oscure, ci avviciniamo alle mura innalzate dai Ciclopi e, quando siamo alla porta, lì poso il ramo d'oro come offerta a Proserpina, già purificato con acqua. Allora si spalanca a noi un'altra dimensione.

Non più grida, ma luminosa pace. Luoghi felici disseminati tra boschi rigogliosi di un verde smeraldo, ecco la sede dei beati, con un sole che allieta il cielo di luce purpurea e stelle diverse dalle nostre. Qualcuno si diletta in esercizi ginnici o lotta nella sabbia color ocra, qualcuno danza e canta. Tra questi, il sacerdote di Tracia suona melodie con le sette note, ora usando il plettro di ebano, ora con le dita, e la sua musica si espande soave nell'aria. Vedo magnanimi eroi e cavalli che pascolano pascendo l'erba. Anche le anime dei grandi banchettano, le narici rinfrescate dai profumi odorosi della selva.

Qui stanno coloro che difesero a tutti i costi la patria, assieme ai sacerdoti puri e a chi si fece ricordare per un proprio merito, nobilitando la propria vita con le arti. Vagano contenti per i boschi, abitano presso le rive del fiume Eridano e i prati freschi dei ruscelli che gorgogliano.

«Dove sono le donne?» domando alla Sibilla. Possibile che solo gli uomini abbiano meritato questo empireo? Non considerate in vita né contemplate nella parte più meravigliosa dell'Aldilà: verosimile che esistano solo donne colpevoli? Perché mia madre non è qui? La mia guida mi rende edotta: «Il mondo di là rispecchia il mondo di qua: le donne non compaiono se non sono chiamate da qualcuno che le desidera molto. Permangono qui, ma sono invisibili».

«È sufficiente invocare mia madre, mi stai dicendo?»

«È sufficiente che tu le dia lo spazio che merita.»

In quel momento la vedo.

In una valle che mormora per il venticello tra i gigli, bellissima come un prato estivo dove le farfalle inseguono girotondi immaginari.

Mia madre, morta di parto quando io ero piccola, poco dopo aver messo alla luce il suo ottavo figlio. Ha ancora il volto esangue dell'ultimo giorno, ma un sorriso sereno mi rivela la gioia che prova nel vedermi.

«Elissa...» mi chiama con la variante fenicia del mio nome, come sempre ha fatto. *Allisàt*, si pronuncia nella nostra lingua e significa «la gioconda». Un nome in cui non mi sono riconosciuta nemmeno da bambina, perché ilare nel cuore non sono mai stata. Però pronunciato da lei mi riempie di commozione.

«Madre...»

Mi precipito verso di lei per abbracciarla, per tre volte le cingo invano le spalle e per tre volte mi ritrovo a stringere l'aria, come se il suo simulacro fosse un sogno alato.

«Elissa carissima, trabocchi di energia. Sono orgogliosa di te.»

Qualcosa dentro di me mi allenta le dighe che ho fino a ora trattenuto. Comincio a piangere con l'affanno in petto, scaricandole addosso la mia angoscia: «Madre, io ho lasciato tutto ciò che avevo costruito, ho abbandonato mia sorella, il mio popolo, ho imbrogliato i Troiani...».

«Te ne sei andata per costruire qualcosa di molto importante. Sono orgogliosa di te, Elissa. Di tutto ciò che hai fatto, del coraggio che hai mostrato.»

«Temo ogni istante per la situazione che ho lasciato in grembo ad Anna.»

«Smettila di tormentarti per lei. Tua sorella sta bene ed è così dolce che ha piegato il cuore duro di Iarba. Il re dei Getuli si è innamorato di lei, ricambiato. So che non riesci a capire come un uomo così rude possa risultare affascinante, ma dovresti sapere che le vie dell'amore sono tanto misteriose quanto indecifrabili. Si sposeranno e avranno discendenti che renderanno gloria al nome di Cartagine. Ma adesso, Elissa, tu hai un'altra storia da tracciare. Devi andare sul suolo italico.»

«Ma sono sola, completamente sola!»

«Non sei sola. Adesso hai un figlio e devi provvedere a lui. So che lo ami quanto e più di una madre: lo attende un futuro epico e tu ne sei parte. Ricorda quello che ti aspetta, tu hai lasciato Cartagine non per capriccio, ma per gettare le sementi di un grande impero, quello di Roma. Tutto partirà da Alba Longa, fondata proprio da Ascanio. Da lui discenderà una stirpe di sovrani albani fino al nome di due fratelli nemici, Numitore e Amulio. Quest'ultimo, zio infido, costringerà la nipote Rea Silvia, figlia unica di Numitore, a divenire vestale solo per timore di essere scalzato da un discendente. Rea Silvia romperà il suo patto di verginità e resterà pregna del dio Marte, con cui concepirà Romolo e Remo. Romolo darà il via a un regno inimmaginabile, leggendario e potente. E questo avverrà grazie a te, figlia che hai sfidato i mari e il sottosuolo.»

La ascolto con occhi sbarrati e imploranti. Simula una carezza con una mano incorporea: «Ma tutto ciò non può accadere se non raduni le forze, figlia mia. Sei sempre stata una guerriera, determinata e tenace. Sei cresciuta coi tuoi fratelli, ti sei distinta nelle armi e hai dimostrato di poter guidare una flotta, una città, un popolo. Se fossi rimasta a Cartagine, i principi berberi ti avrebbero aggredita e allora sì che avresti dovuto soccombere a una triste fine. Così, invece, terrai in pugno la tua vita, salverai i Frigi che si fidano di te e crescerai nell'eroismo un ragazzo, facendolo diventare un grande uomo. Sarai d'esempio a molte donne, che capiranno di quanto noi tutte siamo capaci, se solo lo vogliamo. So che ti mancano la tua città e l'antica vita, ma sarai parte atavica dell'origine di Roma, bambina mia. Quando approderai in Lazio, imparerai ad amare quelle terre boschive che nascondono cinghiali e frutti rossi. Conoscerai villaggi ostili dalle abitudini primitive che ti muoveranno una stupida guerra, ma non ti perderai d'animo e, secoli dopo di te, nasceranno persone di cui si parlerà per i secoli a venire».

«Madre, io non pensavo che tu potessi parlarmi così. Quel po' che ricordo di te mi rimanda il ritratto di una moglie devota che non osava nemmeno ricambiare lo sguardo del marito...»

«In questo mondo antico siamo tutte soggiogate e lo saremo per molto tempo. Ma è grazie a donne come te che le cose cambieranno.»

«Cosa ti ha infuso questa consapevolezza?»

«La morte, tesoro mio. La morte risciacqua tutto e dona uno sguardo più nitido, libero dai preconcetti imposti nel mondo dei vivi.»

Mi elenca poi molto di ciò che accadrà, se riuscirò a non cedere alla tentazione della paura e del rimorso. Le guerre che Roma porterà avanti per sopravvivere, quelle per affermarsi – un giorno scoppierà un conflitto immane proprio con la mia amata Cartagine – e infine mi istruisce su ciò che mi aspetta in Lazio, passaggio per passaggio, quali fiumi attraverserò, su quali alleanze potrò contare tra i popoli laurenti, come evitare alcune insidie. Mi elenca gli uomini che accentreranno nelle loro mani il potere, oltre a Ottaviano Augusto e, prima di lui, a Giulio Cesare, che discenderà direttamente dalla stirpe di Ascanio detto Iulo – da cui il nome *gens Iulia*. Poi le donne che contribuiranno a rendere l'impero romano eccezionale. Saranno trascurate dagli annali – a parte qualche raro caso considerato virtuoso come Lucrezia o Cornelia – talvolta amate e poi infangate dai poeti o dagli storiografi – come Clodia e Messalina.

Sono due le porte del Sonno, una è detta di corno e lì le ombre possono uscire tranquillamente. L'altra è di latteo avorio e di lì i Mani mandano al cielo gli ingannevoli sogni. Mia madre ci accompagna presso questi varchi e ci invita a uscire dalla porta eburnea, perché io sono ancora vivente.

Prima di salutarci ci scambiamo uno sguardo struggente, uno di quegli sguardi d'amore che caricano l'aria di eterna gratitudine. Strani giochi concede il tempo quando lascia le redini dell'eternità: in quell'attimo concentriamo gli anni che ci sono stati sottratti.

Giunone

Il peggio è passato.

Didone-Enea ha superato gli ostacoli.

Le Troiane che hanno intuito l'imbroglio sono rimaste – quasi tutte – in Sicilia.

Palinuro, che non le avrebbe dato tregua, è stato messo fuori gioco.

E il regno degli Inferi, dove qualcuno avrebbe potuto non gradire l'ingresso di una donna, è stato attraversato – il fatto che lei l'abbia valicato indenne è la dimostrazione di quanto la morte sia molto più democratica della vita.

Didone-Enea e la flotta sbarcano momentaneamente sulla prima riva adatta per seppellire la defunta Gaeta, nutrice di Enea, una delle pochissime donne che ha scelto di seguirla, colei che darà per sempre il nome a quel luogo. Il rito del funerale è sempre lo stesso, gesti consuetudinari: gli uomini erigono una pira di tavole di quercia, pingue di resine, e intessono i fianchi di rami frondosi, avendo davanti disposti tagli di cipressi. La salma viene purificata con acqua scaldata sul fuoco e, mentre è cosparsa di unguenti, si levano i lamenti. Didone-Enea ne innalza diversi, deve fingersi rammaricata per la dipartita della cara nutrice di Enea. Il corpo viene rivestito di drappi purpurei, a loro volta coperti dalle vesti che la vecchia utilizzava in vita. Il momento peggiore dei funerali è quando viene appiccato il fuoco alla pira, perché gli astanti si rendono conto che quella persona non sarà mai più tra loro. Scomparirà nella cenere e si disperderà nel mondo.

Didone-Enea getta dietro di sé una fiaccola che vola sopra al tumulo, come richiede il rito, e in men che non si dica si alzano le fiamme, il rovo diviene una torcia crepitante: scoppiettano gli incensi incendiati, le vivande, i crateri che traboccano d'olio.

I Frigi osservano, in ossequio al fuoco distruttore. Gaeta non c'è più, ora si mescolerà alla terra, dove si poseranno le sue ceneri asperse di vino. Rimarranno solo le ossa, che Didone-Enea raccoglierà, assieme a qualche manciata di cenere, e custodirà in un'urna di bronzo.

Le navi riprendono il mare e lambiscono le ausoniche coste, ora affidandosi al vento a vele spiegate, ora contando sulla forza dei remi, quando le folate s'acquetano all'improvviso, per poi riprendere repentine quando sbuffano le tele riaperte.

Dopo qualche ora rasentano le terre magiche della figlia del Sole, Circe incantatrice, che tesse nel suo regale palazzo, intonando canti melodiosi in grado di attraversare le selve e mescolarsi ai ruggiti dei leoni e agli ululati dei lupi, per poi posarsi sugli scogli aguzzi. Più celati, invece, i grugniti dei maiali, che s'affannano con le nuove sembianze nei recinti e i versi degli orsi montani: anch'essi un tempo furono uomini.

Così la mia protetta prosegue la rotta e, quando la foce del Tevere appare con le sue acque imbiondite dalla sabbia e i vortici gorgogliosi, le instillo la certezza che il viaggio debba proseguire verso l'interno. La regina osserva gli uccelli – alcuni mai visti – che abitano le rive del fiume e che garriscono beati, una parte di essi si leva in volo per nascondersi nel folto dei boschi. Didone-Enea comanda di virare la rotta nel fiume, ha ascoltato i miei silenti consigli.

Non sa che alcune città del Lazio sono governate dall'anziano re Latino, figlio della ninfa Marica e di Fauno, a sua volta generato da Pico, il quale può vantare Saturno stesso come padre. I figli maschi di Latino sono stati strappati alla vita nella prima giovinezza, ma gli resta una figlia, ancora in età da marito, di nome Lavinia. Molti ambiscono alla sua mano, ma tra tutti Latino l'ha promessa al bellissimo Turno, di stirpe pregevole, che non vede l'ora di legarsi in parentela con lo stesso sovrano.

Al centro del cortile di Latino sorge un antico lauro dalla sacra chioma – si diceva che si trovasse lì fin dal momento della fondazione della rocca e nessuno avesse osato sradicarlo, ma anzi lo avessero serbato con cura – e tutti sanno che è consacrato ad Apollo.

Proprio in quel luogo avviene il prodigio, mirabile a dirsi: uno sciame ronzante di api occupa la sua cima e, intrecciate l'un l'altra le zampe, pendono tutte assieme da un ramo ubertoso di foglie. Così si esprime il loro indovino: «Un eroe straniero verrà e regnerà sulla rocca».

Nel mentre Lavinia, che sta bruciando sugli altari le fiaccole, risplende come una dea: sulle sue chiome sembra sia stato appiccato il fuoco – meraviglia! –, fiamme sui capelli, fiamme sul diadema che rifulge ricco di pietre preziose, incendio sul palazzo. Ma è solo un'illusione.

«Figlia mia, questo oracolo lo attendevamo e preannuncia cose stupende e terribili: ti aspetta un futuro radioso e imperituro. Ma voglio chiedere anche agli oracoli di Fauno.»

Così Latino si reca nel cuore dei boschi inseguendo la verità, sotto la rupe Albunea, costeggia una sorgente sacra che esala afrori malsani e raggiunge il vate che riposa di notte su giacigli composti dai velli delle bestie sacrificate e, mentre tenta di addormentarsi, gli appaiono molti simulacri che volteggiano nel buio, in modi stupefacenti.

Latino depone a terra il suo dono, i manti di cento lanose bidenti, il sacerdote vi si distende sopra e la profezia sbuca sussurrando dalle profondità silvane con la voce stessa di Fauno: «O pronipote, sangue del mio sangue, non voler unire in matrimonio Lavinia a progenie latina, sciogli la promessa concertata con Turno, stanno per avvenire grandi cambiamenti nel Lazio. Sta giungendo un popolo forestiero che unirà il suo sangue al nostro e ci innalzerà la fama oltre i secoli. I tuoi discendenti piegheranno il mondo: il loro dominio si estenderà nelle contrade conosciute, da dove sorge il sole fin dove tramonta, da un oceano all'altro».

Resta stupefatto, Latino, ma pronto a obbedire. E non fa in tempo a tornare in città che la Fama, mai zittita da nessuno bavaglio, ha già diffuso il vaticinio del divino Fauno.

Didone

Ho lo stomaco sottosopra, tanta è l'emozione che mi infonde la consapevolezza di essere arrivata alla meta. Il fascino misterioso di questo luogo mai visto, cosparso di verde, irrorato dal rumore di un fiume maestoso, rende solenne il momento, come se questo fosse il primo giorno della creazione, quando apparve Gea e placò il Caos.

Sono giunta a destinazione, ma non devo pensare che la fatica sia conclusa: c'è ancora tanto da conquistare. Mia madre è stata chiara: mi attende una guerra sfiancante, questo arrivo è solo un inizio. Ormeggiamo le navi sull'argine erboso di una riva, prepariamo i banchetti, tra i cibi ci sono focacce colme di frutti selvatici, che divoriamo affamati. Son dischi sottili di frumento che i Troiani utilizzano come piatti e che talvolta danno come scarto ai cani, ma siamo così affamati che ci divoriamo anche quelli e allora ad Ascanio scappa una battuta che suscita la nostra allegria: «Ci mangiamo anche le nostre mense, come avevano predetto le Arpie, ecco cosa intendevano!».

Tutti ci ridiamo sopra e io, come prevede il rito, saluto la terra predestinata dal Fato e dai Penati troiani, indicando quello come il luogo magico della fondazione. Di nuovo mi ritrovo a spianare il suolo, a dirigere un solco sacro che delimiti il perimetro, di nuovo vedo sorgere le prime dimore e le fondamenta di una città, delimitata, lungo l'argine, dai merli. Ogni volta è un'emozione che fa traballare e scompiglia dentro, toccare con mano la genesi, assistere a uno spettacolo mirabolante, come se il corso del sole si invertisse improvvisamente. Libiamo a Giove le coppe, perché col vino le feste riescono meglio e tanto vino viene versato, così esploriamo i dintorni infuocati dal dolce liquore.

I riti da adempiere sono molteplici e, in quanto tutti cari ai Dardanidi, mi preparo ad allestirli, sotto la guida del fedele Ilioneo. Tale e quale fossi Enea. Mi cingo le tempie di un ramo colmo di foglie e invoco il Genio del luogo, che sia benevolo, e la fertile Terra che tutto accoglie, e le ninfe del sottobosco e i fiumi ancora mai navigati e la notte con la sua cascata di stelle, e chiamo Giove Ideo e la Madre frigia e gli dèi sovrani del Cielo e dell'Erebo.

Sembra quasi che Giove mi risponda, perché il cielo rimbomba tre volte tuonando sotto una nube splendente di raggi lucenti e d'oro, come se il dio stesso scuotesse con le sue possenti mani.

Di nuovo la mia certezza che gli dèi siano distanti traballa, mentre i compagni acclamano all'unisono e, per festeggiare, dispongono altri crateri colmi di vino. L'esplorazione delle terre limitrofe avviene con entusiasmo e circospezione assieme: visitiamo le acque del fonte Numico, scandagliamo, finché possibile, le anse del Tevere.

Ilioneo si ferisce a una gamba con un ramo appuntito, ma non ci fa caso. Straccio un pezzo di stoffa dal mio mantello e glielo passo attorno alla coscia muscolosa e sudata. Cerco di toccarlo il meno possibile, ho quasi paura della sua pelle. Ci fissiamo un istante negli occhi, uno di quegli sguardi pieni di scintille di cui nessuno si può accorgere, perché appartiene solo a noi due. Mi sembra il più bello dei guerrieri. Ricordo una sera in cui ne parlai con mia sorella: «Anna, cosa ne pensi del consigliere di Enea?».

«Quello dagli occhi scuri?»

«Sì. Come lo trovi?»

«Perché me lo domandi?» mi aveva circondata col suo sguardo indagatorio.

«Così, non c'è un motivo.»

«Sicura? Ti conosco bene. Comunque io non lo trovo niente di eccezionale. Certo, ha un bel corpo atletico. Come gli altri mille che lo seguono.»

Allora solo io vedo la luce degli astri, in quest'uomo dagli occhi che ti leggono fin dentro all'anima? Quanto avrei voluto che il parere di Anna mi avesse smorzato il trasporto! Invece niente, ogni volta che ci ripenso, concludo soltanto che ciascuno scorge il bello in qualcosa di differente e inestimabile, del resto nemmeno io riesco a capire cosa trovi di interessante mia sorella in Iarba.

Chiedo a Ilioneo se vuole tornare indietro, posso trovargli qualche accompagnatore, ma so già la sua risposta. È un intrepido, non si fa certo fermare da una piccola ferita, tanto più che ora lo aspetta un compito diplomatico.

Ordino a oratori scelti di recarsi da Latino, in testa al convoglio Ilioneo, mentre io mi confondo tra la calca, fingendomi un soldato qualunque, ma pronta a combattere qualora qualcuno osasse provocarci.

La città è costellata di torri e alti tetti, protetta da solide mura. Lì davanti, fanciulli si esercitano nella polvere a domare cavalli sui carri o si allenano a diventare abili soldati: tiro con l'arco, tiro dell'asta, corsa, lotta. Dentro, la popolazione si affanna nelle attività quotidiane.

Ci facciamo annunciare al re da un loro messaggero: sicuramente riporterà a Latino che uomini sconosciuti con abiti mai visti prima desiderano parlare con lui. Latino comanda che ci accomodiamo al suo cospetto, nel palazzo regale innalzato su cento colonne, ereditato da Pico, avvolto da selve che vi infondono sopra un senso di celeste orrore.

Siede al centro della sala, in mezzo a noi, sull'avito trono, in un punto politicamente sacro: laddove il re è solito ricevere lo scettro e alzare i primi fasci, dove si erigono il tempio e la curia e si allestiscono i sacri banchetti, dopo aver immolato un ariete. Attorno campeggiano le immagini degli avi scolpiti nel cedro: Italo che insegnò ai suoi sudditi a coltivare la terra e ad allevare le greggi, istituì le prime leggi, fondò il culto di Cerere. Poi Sabino che piantò la vite, il vecchio Saturno e Giano Bifronte che presiede ai varchi, a tutti gli inizi e ai passaggi sia materiali sia incorporei, sovrano del tempo storico e di quello mitico, della civiltà, delle istituzioni. Accanto stanno immobili le sagome dei re che si susseguirono e tra questi spicca Pico, ammaestratore di cavalli, di cui s'invaghì Circe un giorno, mentre lui andava a caccia nel suo promontorio. Ma guai a contraddire la dea: non avendo ceduto al desiderio dell'ammaliatrice, fu mutato in picchio e quando si alzava in volo sfoggiava ali cosparse di meravigliosi colori.

Agli stipiti sono appesi armi, carri dei nemici vinti, scuri ricurve, elmi crestati, scudi scheggiati e rostri strappati alle carene: ci apprestiamo al confronto circondati da questo scenario che incute soggezione. Latino ci accoglie con gentilezza seduto maestosamente sull'avito trono.

«Cosa vi ha spinto qui dai discendenti di Saturno? Cosa cercate? Intanto io vi do il benvenuto, amici Troiani. Non dimentico che qui è nato il vostro capostipite, Dardano, e ogni popolo è il frutto di molteplici miscugli tra genti, che affondano il loro inizio nella notte dei tempi.»

Gli risponde Ilioneo con la sicurezza di un condottiero. E mai mi è sembrato più affascinante: «O sovrano, siamo giunti qui né per colpa del mare in tempesta né per un errore di rotta, ma avendo ben chiara la meta: un dio e diverse profezie la indicarono al nostro re Enea. Da dove veniamo già lo sai: la nostra distruzione avvenne per colpa dell'imbroglio dei Greci e fu Enea, stirpe divina, a condurci qui, dopo aver consultato Febo Apollo che profetizzava nell'antro della Sibilla Cumana».

«Vi accolgo con cuore aperto. Chiedete ciò che volete.»

«Chiediamo in nome degli dèi patrii di poter occupare una zona circoscritta a ridosso della riva del Tevere. Se ce lo concederete, ve ne saremo grati per sempre e non ve ne pentirete. Qui ci ha chiamato a gran voce il Fato, qui dove nacque Dardano. Ed ecco i doni che ti invia Enea figlio di Venere: gli ornamenti di Priamo quando dettava legge, inclusi lo scettro e la sacra tiara. Poi ti offre le vesti preziose intessute dalle donne frigie.»

Noto che gli occhi di Latino luccicano e non solo di gratitudine. Infatti così parla a Ilioneo: «Accetto i vostri doni, Troiani. Sarete accontentati. Ma prima voglio vedere Enea: se vuole essere nostro alleato, non deve temere i nostri volti. Voglio fargli una proposta. Ho una figlia, Lavinia, in età da marito, che gli oracoli mi hanno ordinato di unire a nozze con uno sposo straniero. Fauno stesso mi ha predetto che da loro nascerà una stirpe che volerà alle stelle. Riferiscilo al tuo re e scegli dei cavalli tra i miei splendidi esemplari, ce ne sono trecento: prendete quelli che volete e portateli via addobbati di stoffe preziose, a ciò aggiungeremo monili aurei. E a Enea voglio regalare un carro bellissimo trainato da una coppia di cavalli gemelli ineguagliabili, che derivano da quelli che Circe rubò al padre, il dio Sole».

Compare Lavinia, vestita secondo il suo rango, con bracciali e monili e i capelli inghirlandati. Avrà sui sedici, diciassette anni, suo padre l'ha preservata da un matrimonio indigeno. Tiene gli occhi a terra in segno di pudore. Incarna tutto ciò che i Latini, e gli altri popoli da me conosciuti, esigono dalle donne: fedeltà, pudicizia, remissività. Questi principi le sono stati a tal punto tatuati addosso che vi aderisce ciecamente. Potrei sposarla anche solo per tentare di spiegarle in quale trappola sia finita e cercare con lei un futuro di solidarietà e segreti? Ma capirebbe?

Devo trovare una soluzione alla proposta del re. Quanta magnificenza, quanta prodigalità nelle promesse di Latino. Come declinare la sua offerta senza che si senta offeso? Ho bisogno di tempo per pensare. Non possiamo giocarci questo alleato così sincero e generoso.

Colgo lo sguardo di Ilioneo, che mi rivolge una domanda fulminea, come se mi chiedesse se voglio farmi avanti. No, gli comunico attraverso la muta voce degli occhi, non ora, e lui intende al volo. Certe volte mi sembra di conoscerlo da sempre, come se mi fosse stato accanto sotto forma di gabbiano, fin da quando ero bambina, e trovasse ogni volta il modo di leggermi nel profondo entrando nelle stanze della mia reggia, senza che io possa impedirglielo. E forse nemmeno lo vorrei.

Venere

Cos'ha in mente Didone? Ora la vedo incastrata. La situazione condurrà in un vicolo cieco. Come può sposare Lavinia e pretendere che il suo piano fili liscio? Lavinia non si farà certo intenerire né accetterà un'amicizia straniera in cambio di uno sposo seducente quanto era Turno. L'hanno fatta attendere qualche anno e ora già la considerano matura per le nozze, nonostante abbia solo diciassette anni. Sognava di sposarsi nei tanti momenti vuoti, quelli pastosi fatti d'attesa e aspettative con cui le ragazze, da brave api laboriose della fantasia, sanno costruirsi interi alveari.

Ma io non posso starmene inerme. Brucia ancora l'iniqua morte del figlio.

Mi basta poco per evocare la nefasta Aletto dalle tenebre degli Inferi, che sopraggiunge rosa dal saettare dei suoi tanti serpenti, lei che si diletta di condanne e delitti, odiata persino da suo padre Plutone e dalle sorelle Furie.

«Figlia della Notte, è stata commessa una empia

trasgressione. Didone ha contaminato le vie del Fato, ha usurpato il posto di mio figlio e ora si accinge a prendere possesso delle terre laziali. Lui doveva essere in Lazio ora, al posto suo! Invece lui è morto e lei sta per mischiare il sangue troiano a quello latino. Impediscilo come puoi, tu che hai facoltà di far radunare eserciti a battaglia, tu che semini discordie e scombussoli la stabilità, tu che sputi addosso alla pace e sai insinuarti nelle famiglie, mettendo l'uno contro l'altro.»

Aletto mi ascolta, è così raro che la dea dell'amore insegua pretesti di odio. Ma stavolta me l'han fatta grossa.

Pregna dei suoi tanti veleni, striscia invisibile nella reggia laurente di Latino, s'insinua nella stanza di sua moglie Amata, già in ansia per la notizia del matrimonio troncato con Turno – le era sempre piaciuto quel giovane dai muscoli di bronzo, contava i giorni in cui le sarebbe divenuto genero – e le lancia un serpente che si avvinghia al suo seno, affonda nelle vesti, la avvolge sinuoso senza morderla, s'incunea dolcemente, tossico e malefico, le si fa collana al petto, s'intreccia ai suoi capelli, poi s'intrufola diretto al cuore.

Subito avvampa e corre come una pazza dal marito, redarguendolo non certo nella maniera in cui le latine erano solite rivolgersi al loro uomo: «Cosa ti è saltato in mente, Latino? Vuoi regalare la nostra pregiata figlia a degli esuli Troiani? Sei pronto a consegnargliela a occhi chiusi, così ce la porteranno via come fece Paride con Elena? L'avevi promessa a Turno: dov'è finita la tua lealtà? Se ti sei fissato di imparentarti con uno straniero, rammenta che gli avi di Turno sono Inaco e

Acrisio, la loro origine risale a Micene. Non è abbastanza imbastardita la razza?».

Non smuove il marito, dannazione. Lui non è solito prestare attenzione a sua moglie quando lei è mansueta, figuriamoci come lo mette a disagio vederla in queste condizioni. Lei si precipita fuori dalla reggia, mentre, in corpo, il veleno si irrora dappertutto, intossicandole le viscere e le percezioni, bollendo sottopelle, la trascina furiosa per la città. Sembra senza meta come una trottola che volteggia sferzata dai bimbi, volge prima di qua e poi di là. Torna al palazzo e si porta appresso la figlia per nasconderla nel fitto dei boschi, coinvolge le altre donne con la complicità della Fama e tutte s'involano nelle selve come baccanti – capelli sciolti al vento, addosso pelli e in mano bastoni ornati di pampini, pronte alle orge e alle danze – ululano assieme il grido selvaggio: «Viva Bacco, il nostro re!».

La regina delirante tiene in pugno le madri latine: un uomo non dovrebbe decidere della vita delle figlie senza consultare le madri. Non ha tutti i torti.

Chi non riesce a vedere gli eventi umani da una prospettiva come la nostra, non può capirne la portata. Non può assaggiare quanto siano dissennati i loro movimenti, soprattutto quando vengono alimentati dal risentimento, mortale o divino che sia. E noi dèi sappiamo sfruttare abilmente l'incapacità umana di fermarsi a ragionare, di affidarsi alla logica e prevedere le conseguenze. Se non posso interrompere il corso della vita di Didone, almeno posso divertirmi a crearle un po' di ostacoli.

Aletto, però, non ha concluso il suo lavoro e io la

sprono, promettendole in cambio una notte di passione con chi vuole lei.

Quando scende l'oscurità s'addentra ad Ardea, regno di Turno, e s'intrufola nel suo sonno profondo sotto le sembianze di Calibe – decrepita sacerdotessa consacrata a Giunone, volto solcato da rughe, i bianchi capelli ornati della sacra benda, con fronde d'olivo intrecciate – e così gli parla: «Hai sentito che dice la Fama, Turno? Lavinia sposerà Enea, Latino ti ha rimpiazzato. Vuoi farti sostituire così dall'ultimo arrivato straniero? Vuoi diventare lo zimbello dei Latini? Vendica l'onta e prepara le schiere tirrene contro i Frigi stanziati sulla riva del fiume: schiacciali, uccidili, riducili in schiavitù e brucia le loro navi!».

Turno apre gli occhi come fa chi è ancora annebbiato dal sonno e redarguisce la presenza, seccato: «Vecchia, perché mi svegli a quest'ora con discorsi da uomini? Vattene! Le questioni di guerra non ti riguardano».

Non l'avesse mai detto! La Furia sfavilla di rabbia e si manifesta nella sua vera essenza per un secondo, i serpenti guizzano orribili al posto dei capelli e uno sguardo che giunge dritto dagli Inferi lo trafigge: dentro vi è riflesso l'Erebo. Lei gli butta addosso una torcia che divampa nel suo cuore di nera luce.

Turno scatta in piedi fremente, assetato di sangue e di stragi, cerca armi per la casa, corre a svegliare i capi guerrieri per spronarli contro Latino – è stata infranta la promessa nuziale, la ragazza doveva essere sua moglie e invece il re l'ha concessa allo straniero, tradimento! – e i Rutuli gli danno ragione, invocano vendetta e si esortano a battaglia.

Ora la questione è semplice, devo solo far scoccare il *casus belli*. Che mi si presenta su un piatto d'argento.

I figli di Tirro, custode degli armenti di Latino, allevano con amorevole cura un cervo straordinario, con corna imponenti, che si fa accarezzare e si comporta come un animale addomesticato. Amato da tutti in famiglia, è trattato come uno di loro. La figlia di Tirro, Silvia, lo abbellisce pettinandolo e adornando le corna di ghirlande, talvolta lo lava con acqua purissima di fonte.

Ecco, mi basta far incontrare questo cervo con Ascanio che caccia, assieme ai suoi, e subito mio nipote, che vuole distinguersi nelle imprese, nota la bestia, la rincorre, la mira, scocca la freccia, la ferisce nel ventre.

Il cervo scappa attraverso i noti rifugi, riesce a raggiungere la stalla di Tirro, che risuona dei suoi straziani lamenti. Silvia sopraggiunge per prima e, come lo vede così tramortito, si percuote coi palmi le braccia, accorrono i rozzi agricoltori, la rabbia si moltiplica e gli uomini, armati di pali aguzzi o di clave ritorte, si accodano all'ira di Turno, bellissimo e splendente nella sua armatura bronzea.

Accorrono tutti in massa al palazzo di Latino, chiedendogli di pronunciarsi in merito all'ingiustizia commessa, sì, è colpa di quei luridi Troiani: che si muova subito guerra contro di loro! Ma il re non si lascia scalfire e anzi consiglia a Turno di ripensarci, di non aizzare gli altri alla guerra, altrimenti lo attenderà una morte precoce.

Il sovrano si rinchiude nel palazzo e ora tocca a me: scendo nel tempio e spalanco le due porte della guerra, sacre al culto del feroce Marte, porte altrimenti serrate da cento sbarre di bronzo e imposte di ferro, le custodisce lo stesso Giano, mai si allontana dalla soglia, di cui è sempiterno padrone. Le avrebbe dovute aprire Latino, ma non l'ha fatto, è rimasto immobile. Bisogna invece chiamare alla guerra le altre città: Ardea, Atina, Tivoli, Crustumerio e Antemna dalle tante torri.

Eccomi pronta a scatenare il conflitto, forte del fatto che quasi nessuno può opporsi alla dea dell'amore.

Didone

Un sogno strano mi ha destata or ora. È venuto a visitarmi il dio del luogo, il Tevere azzurro e antichissimo, nato quando sorsero i colli di queste terre, issato tra fronde di pioppo, sulle spalle un mantello di lino glauco e la testa ricoperta da canne che lo ombreggiavano. Mi guardava – stavo camminando da sola a ridosso della corrente su cui si chinavano lunghi steli di erba – dall'alto della sua acquea maestà e mi parlava con tono solenne: «Sta per scoppiare una guerra, non farti intimidire. Chi ha combattuto con i leoni non può temere i topi. Ti dirò una cosa affinché tu la smetta di pensare che gli dèi non s'immischino mai nelle faccende umane. E affinché tu cominci un po' a credere nel vero che portano i sogni alati: un indizio vi svelerà che sarete davvero arrivati alla meta. Quando scorgerete una grande scrofa bianca, stesa sotto gli elci della riva, che sta allattando trenta cuccioli bianchi appena partoriti, allora lì è il luogo eletto. Lì Ascanio fonderà Alba Longa».

Io non mi muovevo, nel sogno, restavo incredula e

attenta. Questo era già stato predetto a Enea da Eleno. Attorno al dio svolazzava una libellula che andava a posarsi sul canneto sopra la sua testa. Lui proseguiva: «Ora tieni bene a mente ciò che sto per dirti se vuoi vincere la guerra, e tu lo vuoi: per Ascanio. Allora devi trovarti degli alleati, i Latini per ora sono un nemico troppo numeroso. Tra loro ti nomino gli Arcadi, capeggiati dal re Evandro. Per raggiungerli, segui il corso del mio fiume, te lo renderò meno impervio da navigare al contrario».

Mi alzo stordita, esco alla riva del fiume e, come prevede il rito, gli mando una preghiera chiedendo che ci assista. Gli propongo, in cambio, di celebrarlo nei sacrifici. Compio una camminata di ispezione assieme al valido Ilioneo – la ferita sulla gamba si sta già cicatrizzando. Vorrei toccargliela, ma mi trattengo – e gli racconto il sogno.

Quasi non ci crede quando, poco tempo dopo, vede per primo il prodigio avverarsi: «Non è possibile... Guarda là!».

E mi indica una scrofa tale e quale quella presagita dal sogno. Con trenta piccoli alle mammelle, disfatta per la fatica. Decidiamo di immolarla, sarà il primo candido dono alla divinità fluviale. Mentre mangiamo l'ultimo spiedo, Ilioneo si rivolge a me: «Dobbiamo cercare Evandro. Da quello che il dio ti ha detto, la sua città è lontano dal mare, seguendo al contrario il corso del fiume».

«Non possiamo andare in troppi.»

«No, forse conviene prendere solo due biremi dalla flotta. Il resto rimarrà a guardia.»

«Facciamolo presto, ora che le acque sono tranquille.»

Le imbarcazioni di unto abete scivolano sull'acqua silenziose, persino il bosco sembra ammirare il procedere elegante delle dipinte carene. In realtà gli uomini faticano molto, remano notte e giorno alternandosi, scansano ostacoli, curvano nelle anse, sembrano planare quando si attraversa un tratto d'acqua liscio come se fosse un lago immobile, si fanno toccare, quando sono troppo vicini alla riva, dai meandri di giunchi attorcigliati che pendono dalla vegetazione incontaminata. Ho lasciato Ascanio al campo come mio vice per farlo sentire importante, ma soprattutto perché si avvezzi al comando, se lo merita, ha mostrato un'autorevolezza densa di responsabilità. Ogni giorno che passa sono sempre più fiera di lui, sembra già uomo sebbene abbia solo dodici anni.

Dopo giorni di viaggio, scorgiamo, arroccata su un colle, l'epica città di Evandro.

Ci avviciniamo cauti.

Poco fuori, notiamo un gruppo di persone attorniato da una folla: è il re arcade che onora il figlio di Anfitrione, fratello di Ercole, e gli dèi silvani. Affianca Evandro il figlio Pallante. Entrambi circondati dai giovani più illustri e dal senato, versano incenso, mentre sugli altari fuma il sangue degli animali. Appena ci avvista, Pallante, con in mano una lancia minacciosa, ci chiede chi siamo e cosa cerchiamo.

Gli rispondo mostrando un ramo d'olivo in segno di pace. Approdiamo, mi presento a Evandro, figlio di Mercurio e della ninfa Carmenta. È un uomo attempato che stilla fierezza da ogni poro, insignito del suo ruolo di prestigio da un manto villoso e maculato, oltre che da uno scettro culminante in un teschio caprino.

Il sovrano mi scruta, in questa occasione non mi servono gli ambasciatori, e gli spiego, tenendo l'elmo in capo, chi siamo e cosa chiediamo, gli racconto la stirpe troiana partendo da Dardano: che sappia quale popolo gli sta davanti. Talvolta, quando sostengo la parte con tale veemenza, mi domando quanto io sia davvero divenuta troiana, quanto la missione dedita ad Ascanio mi stia entrando nelle viscere, e forse sono così credibile agli altri perché io stessa, per prima, non sento più il peso della finzione.

Mi risponde ricordando che conobbe Anchise tanto tempo fa, molto prima che il pastore giacesse con la dea dell'amore. Poi suggella patti d'alleanza: «Contate su di noi. Domani mattina, quando ripartirete verso la città da voi appena fondata, vi accompagneranno molti dei miei come rinforzo, i più prodi. E ci sarà mio figlio Pallante, a cui tengo più della luce dei miei occhi. Intanto, però, resterete qui tutta la notte e celebrerete con noi i riti annuali».

La sera è foriera di feste, anche se molto esigue se penso a quelle puniche. Rimpiango ancora la sorella Anna, ma saperla felice e innamorata mi lenisce la ferita. Cosa starà facendo, ora? Quali musiche starà ascoltando, quelle armoniose dell'arpa incantatrice o i tamburi tonanti, fatti con pelle di capra? La mancanza della sua voce, dei suoi movimenti, è come un filo che stringe attorno alla gola: ogni tanto devo passarci le dita sotto per allentarne la morsa.

Decido di alleviare il peso dei pensieri col vino che ci offrono a volontà, ben mesciuto e versato nelle coppe di bronzo. Prima, però, fanno accomodare i miei uomini su erbosi sedili, a Ilioneo, che mi sta vicino ed è chiaro a tutti che sia il mio braccio destro, viene riservato un giaciglio coperto da un vello di leone, mentre io vengo invitata a sedere su un trono. Giovani scelti ci offrono viscere grigliate di toro assieme a focacce servite dentro a canestri: dicono che siano doni di Cerere.

Ormai sono scese le ombre, le fiaccole lasciano che il buio carezzi i volti dolcemente, posso togliermi l'elmo. I miei tratti non troppo femminili si confonderanno con l'oscurità, del resto Anna mi diceva che avevo qualcosa in comune con Enea. Nessuno noterà il mio corpo di donna sotto la corazza.

Qualcuno suona una cetra mentre giungono fanciulle dai capelli fluenti e muovono il corpo al ritmo che concilia il sorriso.

Intanto ci servono anche costolette di bue, quelle della schiena, fumanti e odorose, e finalmente i miei uomini si lasciano andare al piacere del cibo e del riposo. Mangiano a sazietà e trovano il modo per ridere e brindare tra loro. Mi accorgo che una delle danzatrici ha puntato Ilioneo: non smette di divorarselo con gli occhi, tra un girotondo e un incrocio di braccia, tra un salto e un disegno nell'aria. La capisco, Ilioneo ha il mistero della notte cucito addosso e a irrorare la pelle la freschezza della tramontana. È il più straordinario ed enigmatico tra gli uomini che io abbia mai conosciuto, senza contare quanto sia bello perdersi nei suoi occhi o nella misura saggia delle sue parole. Chiaro che questa giovanissima ballerina lo abbia adocchiato, non posso darle torto.

E lui, lui l'ha notata volteggiare sciantosa, mentre spiccava per bellezza e senso del ritmo tra le altre? Ha il corpo di una gazzella e i lunghi capelli rossi vaporosi, che danno l'impressione di carezzare l'aria. Gli occhi nocciola – brillanti come quelli delle giovanissime predatrici – scoccano frecce acuminate dentro a quelli di Ilioneo e sono truccati ad arte. Non riesco a capire se lui ricambi o no, non posso rincorrere le loro mosse, gli altri se ne accorgerebbero. E poi, perché mi interessa tanto?

Cerco di distrarmi osservando l'ambiente che mi circonda. Si tratta di un popolo orgoglioso, grandi lavoratori – lo capisco dalle mani rovinate dei guerrieri, uomini ben piazzati e abituati a curvarsi sulla terra – che però mantengono nel cuore la consapevolezza della loro valenza. Gente ospitale e devota alle liturgie, che sa cosa significa ricevere un rifiuto, ragion per cui ci accoglie a braccia aperte. Evandro ama le leggende di cui sono intrisi questi luoghi e, tra una sorsata e l'altra alla coppa, ci narra del malefico Caco, indicando una rupe sospesa sui macigni: «Caro Enea, alle spalle ricordiamo eventi che hanno segnato la storia di questi monti. Non è una vana superstizione che ci impone il dovuto tributo a chi ci ha salvati da un grande pericolo. Vedi quella mezza caverna deserta aggrappata al fianco dell'Aventino? Devi sapere che un tempo lì vi era una grotta celata alla luce, abitata da Caco, figlio di Vulcano, che ne bagnava il suolo di sangue. Eravamo terrorizzati dalla sua empietà: uccideva le vittime, mozzava loro la testa e la conficcava sulla sua porta, sempre intrisa di sangue. Il fetore di decomposizione si avvertiva da lontano, ma nessuna madre osava avvicinarsi per reclamare la salma del figlio.

«Tutti temevano l'orrido Caco, nessuno si azzardava a sfidarlo per la sua mole mostruosa e per la malvagità che emanava: raccapricciante anche da lontano, erano a udirsi i tonfi dei suoi passi. Soggiogò popolazioni inermi per anni, finché – noi testimoni – non avvenne qualcosa di straordinario. Ercole passò dalle nostre parti con la mandria di buoi appena sottratti a Gerione e l'orrendo Caco, cuore selvaggio, impudente, confidando sull'impunità di cui aveva sempre goduto, glieli rubò tutti. Per non farsi scoprire, trascinò le bestie nella sua grotta tirandole per le code, affinché queste lasciassero le impronte al contrario, confondendo le idee all'eroe forzuto. Ma nessuno poteva imbrogliare Ercole, che udì il muggito disperato di una giovenca e accorse, armato di clava nodosa, scovando Caco sull'altura. Andò su tutte le furie, nero di bile, e noi, per la prima volta, ravvisammo lo sguardo sbruffone di un prepotente liquefarsi per lo spavento. Caco corse via con la coda tra le gambe, veloce come il vento, e si rinchiuse dentro alla buia caverna, puntellando la porta con un masso altissimo. Ercole, che nessuno poteva fermare, lo rincorse ma non lo trovò. Girò attorno all'Aventino per tre volte e intanto la sua rabbia montava, perché sapeva che l'infame si nascondeva dentro al colle, ma non vedeva nessuno. Poi avvistò una rupe acuminata sulla dorsale, dove nidificavano sinistri uccelli. La sradicò in tutta la sua mole gigantesca e la scagliò contro l'Aventino, proprio dove

Caco aveva occultato il suo furto. Il mostro, sentendosi scoperto, vomitò una fumata di densa caligine che avvolse l'intero antro, ma Ercole non si fece intimidire. Si diresse coi denti digrignati verso di lui, lo afferrò con due manate mentre quello ancora tentava di sputare inutili fiammate, e, stringendo forte al collo, lo soffocò con tale violenza che gli schizzarono fuori gli occhi e la sua gola si seccò di sangue».

I miei uomini restano stupefatti e s'immaginano la truce scena: come Ercole trascinò la perfida creatura per i piedi, come se ne andò dopo aver contato che tutti gli armenti fossero presenti.

Il sacerdote Potizio, cinto di pelli, porta fiaccole che illuminano la notte aventina come lucciole volanti e intanto i sacerdoti Salii giungono con foglie di pioppo a ornare le tempie, mentre giovani e anziani intonano in coro le imprese di Ercole.

È molto tardi quando, conclusi i riti, torniamo in città. Evandro mi si accosta, cerca familiarità: «Chiedete altro?».

«No, grazie per i tuoi doni. Non pensavamo di trovare gente così accogliente.»

«Sai, questi luoghi un tempo erano abitati quasi solo da fauni e ninfe, creature forti ma primitive, talvolta nate dagli alberi, incapaci di aggiogare i tori o seguire le cadenze dei raccolti. Qui si rifugiò Saturno, esule dall'Olimpo, proferì leggi e chiamò Lazio la terra. Fu il secolo d'oro, l'unico segnato dalla pace. Ora gli dèi dei boschi si mescolano. Qualcuno giura di aver visto Giove in persona con l'egida nera. Il Gianicolo si chiama così perché un tempo Giano vi fondò una rocca, mentre quella di Saturno è detta Saturnia. Ne vedi le rovine, oltre queste mura così cadenti?»

Guardo nella direzione da lui indicata e annuisco ammirata. Lui domanda: «Le vostre donne sono venute con voi?».

«Alcune.»

«Perché non tutte?»

«La maggior parte è rimasta in Sicilia. Erano stanche del viaggio.»

Non accenno alla verità. «Perché me lo chiedi?»

«Perché dovete pensare anche ad ammogliarvi. Senza donne non si può costruire niente.»

«Mi è stata offerta in moglie la figlia di Latino.»

«E il tuo consigliere?»

«Ilioneo?»

«Esatto, lui.»

«Cosa ti interessa sapere?»

«È libero? Vorrei proporti, per siglare la nostra alleanza, di farlo sposare con mia figlia Talusia. Quella ragazza coi capelli rossi che prima danzava.»

«Chiediglielo. Non voglio decidere io per lui.»

Una rabbia color delle ciliegie mi copre il volto e il cuore comincia a battere all'impazzata. Non capisco perché, in fondo mi è stata avanzata una richiesta ragionevole, quasi un'offerta. Un matrimonio con la stirpe di Evandro rafforzerebbe il nostro popolo e Ilioneo, che non è certo di sangue reale, si imparenterebbe con uno dei più importanti sovrani del Lazio.

Poco dopo li scorgo parlare appartati.

Evandro deve aver tentato la sua proposta.

Fatico a trattenermi, ma quando – al riparo del mio

giaciglio intessuto con pelle leonina – riesco a ritagliarmi uno spazio risicato con me stessa, lascio cadere sul manto di animale una lacrima densa di rabbia, impotenza e forse anche gelosia, a lungo trattenuta. E per fortuna non mi vede nessuno.

Giunone

Cos'ha combinato la frivola Venere? Non la credevo capace di tanta azione... E così la mite dea dell'amore e della fertilità, avvalendosi dell'aiuto di una Furia, si è trasformata in potenza devastatrice.

Che disastro! Pronostico già spargimento di sangue a fiumi. Li vedo, laggiù, gli alleati di Turno che si preparano alla battaglia con lo stesso affanno con cui sono soliti sostenere le competizioni ginniche. L'etrusco Mezenzio, re di Caere, che allestisce l'esercito, e al suo fianco si staglia il figlio Lauso, secondo per bellezza solo a Turno, condottiero di mille guerrieri provenienti dalla città di Agilla. La prole di Ippolito, Virbio, cresciuto nel bosco della ninfa Egeria, si avvicina a Turno che spicca con l'elmo tre volte crestato. Poi c'è un figlio di Ercole, impugna uno scudo sopra il quale sono istoriati cento serpenti e indossa una pelle di leone spaventosa, con la testa protetta da zanne color latte. Al seguito, i soldati stringono armi svariate, giavellotti, picche, pugnali, spiedi sabini.

Da innumerevoli luoghi si leva il grido di guerra e accorrono uomini assetati di sangue – Nomento, Preneste, le rocche del Soratte e i campi Flavini, il monte Cimino e i boschi di Caprera, il fiume Imella e il Fabari – alcuni soldati vantano origini divine o progenie di rilievo. Come il sabino Clauso, da cui discenderà la *gens Claudia*: le valli e i boschi rimbombano delle loro grida. Si suggellano alleanze, le truppe si gonfiano. Accorrono i contadini dalle distese del Massico, coi loro strumenti della terra branditi come armi, poi i Saticolani assieme agli Osci, in cintura cinghie di cuoio e spade falcate.

Scorgo anche una giovane donna, nel tumulto, una femmina che ha disdegnato i lavori muliebri come la tessitura o l'arte di intrecciare canestri. È Camilla, regina dei Volsci, consacrata alla dea Diana, avanza a cavallo veloce come una freccia, con la faretra licia sulla spalla e un velo purpureo che le sobbalza addosso al ritmo del galoppo, mentre taglia il vento minacciosa con la sua lancia di mirto. E quando passa, tutti l'ammirano. Comanda una schiera di soldati volsci e un'armata di fanti armati di bronzo. Ma non solo uomini guida: tra le fide compagne vi è Acca, che la conosce da sempre. E Tarpea, che la stima oltre ogni limite. Ma di certo tra loro corre molto di più, un sentimento segreto che non condividono con nessuno e chissà di quali baci dolcissimi sono spettatori i sambuchi dai candidi fiori e i freschi ruscelli dove le ragazze amano rinfrescare le belle membra. Camilla è un'icona, fuori dalla sua cerchia la rispettano i maschi e la venerano le donne, forse soltanto perché la considerano lontanissima da loro.

Costoro marceranno contro la mia protetta e il suo

esiguo esercito. Poco è valso che io abbia incitato il Tevere azzurro ad apparirle in sogno e vaticinarle il futuro, poco conterà l'aiuto di Evandro se Turno, in cambio, le schiererà contro moltitudini di manipoli.

Basta, devo affrontare la mia rivale, deve capire chi davvero comanda.

La capacità che noi divini abbiamo di volatilizzarci e ricomparire dove vogliamo non dobbiamo spiegarla a nessuno, del resto nemmeno a noi è stata chiarita: perché questi uomini, invece, si incaponiscono a indagare ogni minimo mistero? Con la mania di sondare, sviscerare, andare al nocciolo della questione si stanno perdendo la contemplazione più meravigliosa della loro esistenza. Noi immortali non ci siamo mai chiesti il perché della nostra trascendenza, ci limitiamo a fluttuare in essa. Come mai questi uomini, anziché crogiolarsi nella loro effimera vita, si dibattono per afferrarne il senso?

Eccola, Venere dai lunghi capelli sparsi all'aria, effonde un profumo orientale, passo vellutato sull'erbetta di una radura, addosso un accenno trasparente di veli, espone le sue deliziose nudità ed è facilmente riconoscibile: da ogni impronta che lascia nascono rododendri e lillà.

«Cosa vuoi?» mi chiede, quando è ancora di spalle ed esibisce quel magnifico deretano da cui deriva l'appellativo di Callipigia, «dalle belle natiche».

«Sono venuta a chiederti di smetterla. Anzi, a comandartelo.»

«Smettere cosa?» risponde voltandosi, con un sorriso trattenuto tra le sue labbra carnose. Una farfalla dalle ali rosso cremisi le svolazza attorno al seno e si posa su un capezzolo.

«Il Fato deve fare il suo corso. Non è più tempo di capricci.»

«Tu mi parli di capricci? Da un tuo gesto è dipesa la morte di un eroe.»

«In che senso?» investigo cercando di mantenere un'espressione il più possibile immacolata.

«Lo sai benissimo» la sua voce diventa roca e accusatoria come quella di un'Erinni. «Tu hai ucciso Enea.»

Ero invisibile, non ha le prove. La farfalla che si era posata sul capezzolo ora le atterra sulla tornita spalla.

«È stato un incidente.»

«Bugiarda.»

«Non sono stata io, Enea si è mosso in maniera goffa, si è buttato con troppa veemenza verso Didone e lei gli ha teso inavvertitamente la spada contro.»

«C'è qualcosa che non mi torna. Come può un guerriero morire in maniera così ingloriosa? Un valente uomo che ha combattuto contro acerrimi nemici per dieci anni?»

Se non ammetto le resterà per sempre il dubbio? Non lo so, ma mi conviene tentare. Qualora la notizia giungesse alle orecchie di Giove, il maritino non mi perdonerebbe tanto facilmente. E questa sciocca rinforzerebbe il problema correndo a lagnarsi da lui. Rintraccio la voce più melensa che posso: «Capisco che tu dubiti di me, Venere. Ma non è andata come sospetti. Io non c'entro con la morte di tuo figlio, anche se non nego che mi abbia fatto comodo».

Non mi crede, i suoi occhi di ambra appena colata

sprigionano diffidenza e rabbia. Devo ammansirla e forse un modo c'è: «Ascoltami, Venere. Puoi creare problemi a Didone a bizzeffe, ma alla fine lei raggiungerà il suo obiettivo. Non è qui per sé, ma per tuo nipote. Non ti commuove pensare ad Ascanio?».

Quello nei confronti di Enea è solo un puntiglio. Lei coi suoi figli ha lo stesso rapporto che intrattiene la natura più selvaggia: concepisce, partorisce e lascia ogni frutto libero alla propria sorte. Perché con Enea si è incaponita? Così insisto: «Ascanio è sangue del tuo sangue. C'è un flusso divino in lui. Se tu ostacoli il cammino di Didone, procuri un danno a tuo nipote».

Mi guarda con i suoi occhi dove l'ambra è striata d'oro, troppo invischiati d'amore universale per sembrare stupidi. La sento in balìa di due forze e qui non c'entra l'istinto di maternità. Da un lato deve ripristinare l'equilibrio perduto, dall'altro vuole fare spazio a questa nuova verità appena disvelata. Ascanio è anche suo nipote. Non è meglio proteggerlo? Venere, per la prima volta, ricopre l'immagine odiosa della regina fenicia con un manto nuovo: è la donna che si occupa con devozione del figlio di suo figlio, l'unica – al momento – che combatterebbe a mani nude con una tigre persiana pur di difenderlo. Didone non è la nemica, Venere sta assimilando questa nuova versione.

Ora resta solo da aspettare e vedere quale delle due forze prevarrà.

Didone

Quindi c'è questo re rutulo che mi odia, Turno, e che ha raccolto tanti guerrieri quanti la spedizione contro Troia. Ritiene legittimo il suo odio, in quanto io, l'usurpatore, avrei preso il suo posto come futuro marito di Lavinia. Evandro era già al corrente della situazione, tanto è veloce la Fama. È stato generoso e mi ha accordato molto di più del suo sostegno: mi ha suggerito come stringere nuove alleanze. Prima di andare a dormire, mi ha dispiegato sottovoce la sua vita e soprattutto i segreti dell'etrusca città di Agilla, abitata da una popolazione lidia. Fu dominata per anni da un sovrano bestiale, Mezenzio, un tiranno efferato le cui gesta riprovevoli fanno rabbrividire. Stragi, offese, torture. Così spietato che soleva uccidere le sue vittime unendo i vivi ai corpi dei morti, dita intrecciate con quelle gelide, bocca palpitante premuta contro le labbra disfatte dalla putrefazione. Finché i cittadini, esausti, si ribellarono e, coi forconi in mano, circondarono il suo palazzo, massacrarono i suoi fedeli e appiccarono il fuoco. Mezenzio si salvò e si rifugiò dai Rutuli, per questo ora si annovera nella schiera di Turno. Il popolo etrusco lo vuole giustiziare e sarà pronto a schierarsi con noi. Anche perché una profezia un tempo vaticinò queste parole: «Scegliete una guida forestiera».

Ero partita con due biremi e torno alla base seguita da eserciti che ci rincorrono a cavallo, lungo gli argini. Duecento cavalieri arcadi di Evandro, più altri duecento di Pallante, che mi ha giurato fedeltà. È un ragazzo in gamba, valoroso, atletico, desideroso solo di distinguersi in guerra, mirabile con la clamide e le armi adornate. Quando è stato il momento di separarsi dai suoi, le donne piangevano. Evandro era affiancato dalla rossa figlia Talusia, la danzatrice sinuosa, e anche in quel frangente ha trafitto col suo sguardo Ilioneo. Ci credo: occhi così belli e neri non deve averli mai visti. Certo, anche lei è una ragazza meravigliosa.

Qualcosa mi brucia nel petto, ma perché? Cosa mi infastidisce? Come mai mi turba tanto l'idea che lui possa piacere a un'altra? Forse lo desidero tutto per me? Mi sono mai posta il problema di volerlo? No, perché quest'assiduità costante, dormire a pochi metri, combattere la quotidianità assieme già me l'hanno fatto sentire mio. E lui... lui ha provato lo stesso? Non devo farmi distrarre da questi sentimenti che mi annebbiano la meta: se a Ilioneo piace la ragazza che gli viene offerta su un piatto d'argento, che se la sposi. Lui non mi deve niente. E se avviene questo matrimonio, ciò lo sottrarrà a me? Può darsi, ma Ilioneo non mi appartiene. Non è mai accaduto nulla tra noi. «Non vi siete mai scambiati promesse né patti di fedeltà reciproca» direbbe Enea. Cosa pretendo da lui, che resti la mia ombra silente finché la vecchiaia non abbasserà le nostre palpebre?

Questi pensieri mi tormentano fino a quando, al tramonto trafitto da saette rosa scuro, approdiamo ancorando le due navi e gli altri eserciti presso un argine. Mentre gli uomini sbarcano e allestiscono un giaciglio per la notte, io e Ilioneo ci addentriamo nei boschi con la scusa di perlustrarne i rischi e raccogliere legna per i dovuti sacrifici, in realtà tutto ciò che voglio è rubare del tempo appartata con lui.

Procediamo, entrambi alleggeriti dell'elmo e delle armi più pesanti, raccogliendo man mano sterpi o tagliando col pugnale i rami più belli. Ed è quando siamo abbastanza lontani dal rumore delle voci che mi azzardo a parlargli: «Evandro ti propone di sposare sua figlia».

«Chi sarebbe?»

«Davvero non ti sei accorto di lei? La danzatrice che ti guardava ieri sera, al banchetto.»

Mi sorride. Il suo sorriso sincero. Le sue labbra che incantano.

«Tu cosa ne pensi, Enea?»

Mi sembra che si sia soffermato in maniera sarcastica sul mio nome. Lui sa, come da sempre sospetto, che la storia dell'incantesimo è una menzogna? O nominandomi vuole darmi più credibilità?

«Io penso che tu sia libero di scegliere di fare della tua vita ciò che vuoi.»

«Quindi non ti dispiacerebbe se la sposassi?»

«Puoi fare quello che ti pare. Magari prima aiutami a vincere la guerra contro Turno.»

Sorride di nuovo e aggiunge, avvicinandosi di un passo: «Sai bene che non ti lascerei mai nel momento del pericolo. Credo di avertelo già dimostrato».

A cosa allude? Forse alla morte di Enea, al fatto che – se davvero avesse saputo fin da quel momento – mi avrebbe coperta senza riserve? Non posso certo chiederglielo. Mi vorticano in testa mille domande, ma non riesco a formularne nemmeno una. La cautela. Il pudore. La paura.

Dopo un po' provvede lui a interrompere quell'odioso silenzio: «E tu sposerai Lavinia?».

«Ho deciso di no.»

«Credo che sia la scelta migliore per te, Enea.» Di nuovo pronuncia il mio nome prolungandolo, quasi fosse un forziere che stesse schiudendo per mostrarne il segreto. Faccio finta di niente e intanto un'upupa ci sorprende alle spalle.

«Perché credi sia meglio così?»

«Forse non potresti darle quello che si aspetta.»

Allora lo sa... Lo sa davvero? O forse si riferisce al fatto che la fanciulla potrebbe essere innamorata di Turno? Meglio fingere che la sua risposta riguardi quest'ultima possibilità.

«Magari non è nemmeno contenta dello scambio con Turno. Sarebbe bello se ogni tanto questi sovrani che combinano matrimoni decidendo il futuro delle stirpi, interpellassero anche le loro figlie. Comunque non sposerò Lavinia.»

«E come farai?»

Questa volta sono io a sorridere.

«Ci ho pensato tanto e credo che la soluzione migliore sia proporre Ascanio al mio posto. È di sangue divino, visto che tutti siete convinti che davvero Venere sia giaciuta con Anchise. Ascanio è quindi nipote di una dea eccellente.»

«La ragazza è più grande, però...»

«Lavinia ha diciassette anni, Ascanio dodici. Cinque anni sembrano tanti quando la donna è maggiore. Ma diventano pochi se le cose si invertono: quanti maschi di oltre trenta, quarant'anni si sono sposati con delle fanciulle poco più che bambine? Latino storcerà il naso, all'inizio. Poi accetterà.»

Un rumore a destra ci costringe a voltarci assieme, ma non vediamo nulla: «Forse è una volpe» dice lui.

«Quando deciderai cosa fare con la figlia di Evandro, dimmelo: gli manderò un messaggero.»

«Ti ha fatto lui tutta questa fretta?»

«No, mi piace concludere presto le questioni in sospeso.»

«Se la sposassi andrei a vivere sul Palatino? Non sarei più al tuo fianco.»

«Nessuno ti trattiene, sei libero.»

Rispondo e, stizzita, gli volto le spalle, affinché sia chiaro che voglio tornare dagli altri. Non ho più intenzione di restare lì sola con lui.

D'improvviso, lui allunga la sua mano forte sulla mia spalla e con un gesto brusco mi volta, tirandomi a sé. Abbiamo il viso a pochi centimetri e ci guardiamo in maniera diversa: io irritata, lui entrando con la notte delle sue iridi scure dentro allo sdegno dei miei occhi sbarrati.

Posa sulla spalla la sinistra, si avvicina più di quanto gli sia consentito e i rumori del bosco s'acquietano, mentre accosta le sue labbra alle mie. Cominciamo a baciarci con la disperazione degli ultimi, senza curarci del gufo che ci spia, qualche metro in alto, in ansia perché uno qualsiasi dei compagni o degli alleati potrebbe venire a cercarci o imbattersi inavvertitamente in questo fuoco invisibile che sta divorando i nostri corpi. La sua lingua è un desiderio di cascata fresca, le sue mani le conosco da sempre, mi sembra, da quando ero bambina e le cercavo furtivamente negli abbracci del mare dove andavo a bagnarmi di nascosto. Ora sono libere di scivolare sulla mia pelle e disegnano nuove promesse, scovano sentieri di piacere che ci sono stati per tanti giorni preclusi. Ci muoviamo come due ladri, come se il nostro tempo scadesse da un momento all'altro. Ma, quando lui mi entra dentro, mi guarda in un modo per cui capisco ciò che non dice: «Adesso basta far finta di niente, ora è giunto il tempo per me e per te».

Venere

Ma guardali, quei due, pensa un po' se… Io l'avevo capito che si annusavano senza cercare di farsi scoprire, ma non credevo che…

Me l'hanno fatta sotto al naso e adesso sono combattuta tra le parole che ha pronunciato Giunone – nonostante sia un'eterna nemica, trasudavano verità – e il mio odio. E non è solo Ascanio che mi punge: in fondo, anche se non l'ho mai considerato molto come un consanguineo, quel ragazzetto è figlio di Enea. Ci sarà pur qualcosa, in lui, che ricorda mio figlio? L'arte di inserirsi nel flusso della vita senza proferire lamento, i capelli lucenti colore del cinnamono.

Ciò che mi fa traballare l'astio è l'amore appena disvelato tra i due piccioncini, amore di cui io stessa sono da secoli la grande custode. Come potrei non intenerirmi? Come potrei restare insensibile di fronte alla loro dolcezza, alla segretezza sospesa con cui si sono consegnati l'una all'altro? La mia prima essenza profonda è aderire al creato, all'abbraccio del donarsi, alla riproduzione, all'istinto sessuale: di fronte a questo spettacolo notturno cedo.

Rivedo tutto.

Scanso il furore, sotterro gli intenti micidiali.

Potrei essere addirittura solidale, con questa donna che tanto sta osando per amore? E non è forse anche questo suo viaggio dovuto a un altro tipo di amore, quello materno che lei, seppur da sconosciuta, ha permesso che le germogliasse in seno per Ascanio? E io, finché mi porrò da impedimento a tutto questo, non farò altro che ostacolare l'amore, quindi combatterò contro me stessa...

Che disfatta. Stavolta Giunone mi ha sconfitta. Ma, per un assurdo gioco di corrispondenze, ho vinto anch'io.

Oggi, approfittando dell'assenza di Didone, Turno si è scagliato contro le nuove mura. Ha voluto Messapo in testa alla prima schiera, nell'ultima la giovane prole di Tirro. Turno campeggiava al centro con le armi sguainate, era il più alto sul suo cavallo pezzato e indossava un elmo d'oro dal purpureo cimiero.

Quando i Frigi hanno avvistato un polverone scuro, hanno subito allertato Ascanio che ha ricordato l'avvertimento di chi crede suo padre: «Mai scendere in campo aperto senza di me» gli aveva detto. «Serratevi dentro le mura e resistete finché non torno, difesi dal terrapieno.»

Faticava a resistere al richiamo della battaglia, il figlio di Enea investito del ruolo di capo, però ha obbedito – seppur ragazzino, è tanto oculato.

Già questo ha disturbato Turno: splendente sul suo cavallo dall'alto garrese, scalpitava per un faccia-a-faccia e fremeva in esplorazione attorno alle mura, cercava invano un passaggio e smaniava come fa il lupo quando accerchia un ovile colmo, gli agnelli sono al sicuro dentro ai recinti, e la bestia, tormentata dalla fame, già pregusta il boccone compiendo decine di giri sul perimetro. Così il re rutulo si sfogava contro la flotta e aizzava i compagni a dare fuoco alle navi troiane, molti si avvicinavano a esse minacciosi, brandendo fiaccole di ardente pino: «Lanciate, soldati! Che il fuoco divampi!».

Non sarei mai riuscita a fermarli. Questa sciagura è stata anche colpa mia e ormai è troppo tardi per tornare indietro...

Il fuoco ha attecchito subito, dalla resina salivano al cielo colonne di fumo, poi – prima che le carene si incendiassero del tutto – è accaduto qualcosa di inimmaginabile. Da principio ha balenato una strana luce e il cielo si è colorato prima dei toni aurorali, quindi di grigio scuro, come se incombesse una nube gigantesca. Allora le navi, rotti gli ormeggi, si sono staccate dalle rive coi rostri già in parte sommersi e sono affondate, proprio come fanno i delfini, che dapprima mostrano il semicerchio della loro schiena, infine si inabissano giù. Il prodigio ha lasciato a bocca aperta i Rutuli: quante navi sono appena state inghiottite, tante fanciulle sono riemerse a fior d'acqua, i capelli bagnati intrecciati alle alghe fiumane, coi volti marini e ciglia lunghissime.

Turno è tornato lo sbruffone spavaldo di sempre e con la sua sicumera voleva infondere ai suoi la grinta appena persa: «Non vi spaventate, questo è un segnale divino. Gli dèi hanno voluto precludere ai Troiani ogni fuga via mare. Ora i maledetti sono bloccati a terra e voi lo sapete: la terra è nostra, siamo migliaia».

Ridicolo Turno, che peccato che un uomo così aitante, nel fiore della sua fertilità, dedichi tanta frenesia a proferir sciocchezze. Aveva male interpretato il prodigio e ora, con la capacità di comprendere gli eventi che solo noi sublimi abbiamo, so anche perché: la flotta fu costruita col legno di aceri e pini del monte Ida frigio, sacro alla berecinzia madre, la dea Cibele. Lei stessa chiese protezione a Giove, che gliela accordò e le assicurò che nessuno avrebbe mai potuto annientarle. Infatti così è stato, le navi ora si sono trasformate in indomabili ninfe marine.

Il capo dei Rutuli è ossessionato dal suo astio febbrile, ha spronato gli uomini già sudato per l'impeto, la schiuma ai bordi della bocca: «Andiamo, buttiamoci contro le mura, infrangiamo il vallo alla luce del sole, affrontiamo il nemico a viso aperto: non abbiamo bisogno di nasconderci nel cavo ventre di un cavallo, noi!».

Messapo ha presidiato le porte con scelti corpi di guardia e ha appiccato il fuoco alle mura. Per sorvegliare i ripari, sono stati scelti sette e sette Rutuli, ciascuno a capo di cento giovani soldati, con rossi pennacchi, scintillanti d'oro.

Ora che il tramonto dalle vesti violacee ha lasciato il posto all'oscurità, i Troiani rimasti nella città accampata avvistano le fiammelle nemiche, poco distanti, e capiscono che quelli hanno decretato un momento di sosta.

Gli assalitori traggono il dovuto ristoro stesi sull'erba, sorseggiano vino fino a vuotare i crateri di bronzo.

Intanto i Dardanidi vigilano dall'alto delle mura, si sentono impotenti. Si domandano quando mai tornerà il loro capo, quando mai potranno toccare l'erba bianca della pace. Presidiano le porte Eurialo e Niso, il cui legame è indissolubile. Eurialo dorato e vezzoso, poco più che adolescente, Niso massiccio cacciatore, quasi imbattibile sul campo di battaglia. La notte si addormentavano abbracciati quasi nello stesso momento, dopo aver combattuto lotte appassionate nella loro tenda, ben diverse da quelle cruente del giorno. Poi si svegliavano assieme ai primi canti delle allodole: quante volte Niso, esperto di insidie e potente nella lotta, aveva protetto il suo diletto. Io li ho salvaguardati ogni volta che ho potuto, perché il loro amore è sacro e altrove sarebbe stato ostacolato.

Ora sono seduti su due tronchi tagliati, quasi uno di fronte all'altro, Niso dichiara le sue intenzioni a Eurialo: «Che sfrontatezza, i Rutuli! Che arroganza! Adesso però giacciono spossati dai tanti giri a vuoto e storditi dal vino. Senti cosa ho in mente: voglio richiamare Enea qui, spiegargli l'urgenza, sotto quel colle forse troverò un sentiero che mi condurrà alle mura di Evandro. Ma prima vorrei fare una visitina a quei pigroni che tramano di distruggerci».

Eurialo insorge fingendosi sdegnato, non gli vuole permettere di rischiare da solo: «Mi stai sempre tra i piedi, ma non mi vuoi con te nelle azioni più importanti?».

«Amore mio, io non vorrei farti correre alcun pericolo. L'impresa è rischiosa, tu sei giovane, ti meriti ancora tanti anni di vita. Te l'immagini, se ti accadesse qualcosa, quanto soffrirebbe tua madre? Lei, una delle pochissime che osò seguirci, mentre la maggior parte delle donne preferì restare in Sicilia.»

«Non cercare di intenerirmi tirando in ballo mia madre. Se io muoio, penserà il mio amico Ascanio a lei. Mi spiace, ma non mi hai convinto. Io sarò sempre al tuo fianco.»

Che tenerezza. Chi glielo dice, ai due innamorati, che per loro sta per giungere l'ora fatale? Che mai più s'incroceranno le dolci lingue, mai più si bagneranno la pelle, sotto le notti silenziose.

Li devo lasciare, è giunta l'ora di rivelarmi a Didone, voglio consegnarle il mio regalo. È giunto il momento di scardinare le sue certezze.

Didone

La notte bucata da una luna quasi piena è stata nostra complice. Siamo tornati alle navi cercando di non far trapelare nulla, ma ormai eravamo già due persone diverse. Gli altri riposavano, così ci siamo appartati a parlare, faticando tantissimo per non sfiorarci.

Vorrei di nuovo stringere le sue spalle forti, il suo torace che ha saputo accogliermi con tanta dolcezza, vorrei di nuovo sentire scivolare su di me le sue mani guerriere, mentre i baci che abbiamo rubato al tempo sembravano volersi rifare della lunga attesa.

Percepisco anche ora la ventata del suo desiderio. Ma ci tratteniamo: così riprendiamo a parlare fitto fitto, l'antico sodalizio è rafforzato dal ricordo recente dell'altro, iscritto sulla pelle.

Mentre i suoi occhi incantatori scompaiono e ricompaiono nel guizzo delle fiamme residue dell'accampamento, gli racconto del viaggio nell'Aldilà, dei mostri, di mia madre e di Palinuro, poi concludo: «Dobbiamo rendergli gli onori funebri, gliel'ho promesso e io sono di parola».

«Certo. Domattina» risponde sfuggendo via con lo sguardo. È un attimo e subito riconosco la paura. Cosa teme? Di nuovo quella sensazione: mi sembra di conoscerlo da sempre. Così incalzo: «Che succede?».

Non mi guarda, tace. In un istante capisco, come se quel silenzio mi avesse scolpito nel buio la scena. Gli chiedo sottovoce: «Sei stato tu, allora? Hai buttato tu in mare Palinuro?».

Riconduce lo sguardo dentro al mio, nella sua maniera profonda: «Ho dovuto farlo, non ti avrebbe dato pace. Aveva capito chi sei».

«Quindi tu già sapevi...?»

«Sì, sapevo.»

«E mi hai protetta? Come hai fatto?»

«Sono sopraggiunto da dietro e l'ho colto alla sprovvista.»

Me lo svela nei dettagli. L'eroico Ilioneo, quello che Enea mandava in avanscoperta come ambasciatore in virtù della sua *ars retorica*, proprio lui che sembrava un inoffensivo ottimo parlatore, eccolo divenuto sicario di notte. L'ha colpito alle spalle con una clava e l'ha buttato in mare.

«Speravo solo di liberarmi di lui, l'ho fatto quando eravamo abbastanza vicini alla costa, almeno secondo i miei calcoli, perché era troppo buio per avvistare qualcosa. Non volevo ammazzarlo...»

«E infatti non l'hai ammazzato.»

«Mi hai appena detto che lo hai incontrato negli Inferi.»

«Sì, ma lui è arrivato salvo alla terra. Lì l'hanno ucciso degli indigeni brutali, che odiano i nuovi arrivati.»

«Mi dispiace moltissimo per lui, ma ti avrebbe creato grossi problemi. Lo conoscevo fin da quando eravamo bambini. Nessuno è più cocciuto. Ti avrebbe costretta a confessare e forse ti avrebbe fatta fuori, era un fedelissimo di Enea.»

«E tu? Tu non eri un fedelissimo? Eri la sua voce, praticamente. Perché lo hai tradito per una sconosciuta?»

Notiamo avvicinarsi la sagoma di un compagno. Non ci considera, devia prima, sta solo entrando nel bosco per liberarsi dei liquidi.

Di nuovo lo sguardo di Ilioneo mi blocca, trapassandomi l'anima. Penso a poco prima, quando eravamo attaccati, soli sotto una costellazione di rami e foglie: «Non so cosa sia successo quando ti ho vista. Non ho mai conosciuto una donna come te. Il primo giorno, ho notato il modo in cui anche tu mi guardavi...».

«Questo non basta per tradire il proprio re.»

«Il mio re era Priamo, non Enea. L'ho seguito perché non avevo scelta. Non lo stimavo, non era adatto a fare il capo. È stato sovrastato dal compito che il Fato gli aveva assegnato, ma dentro di sé non ne voleva sapere. Finché era in vita Anchise, si affidava a suo padre per ogni decisione, lui gli suggeriva come comportarsi, quali sacrifici officiare, quale sentenza proferire in assemblea. Ma da quando è rimasto orfano, Enea si è perso. Chiedeva a noi, non sapeva dove sbattere la testa.»

«Quindi non eri legato a lui?»

«Non particolarmente. Ciò non toglie che mi è dispiaciuto molto quando è morto. Ma dimmi una cosa, visto che siamo arrivati al momento della verità: l'hai ucciso tu, magari spinta dalla rabbia? Lui ti stava abbandonando...»

«No!» La mia voce subisce uno sbalzo, come se volessi gridare e non potessi. «Non volevo ammazzarlo, è stato un incidente! Devi credermi...»

«Io ti credo.»

«Davvero, Ilioneo? Mi sembra strano che tu non dubiti nulla. Che tu accolga così la mia versione.»

«Sei una persona sincera, l'ho visto in ogni tuo gesto.»

«Dimmi un'altra cosa: ma se tu non stimavi Enea, perché lui ti affidava compiti tanto importanti come quello di suo ambasciatore?»

«Perché non aveva molta altra scelta. Lui mi cercava spesso e io esaudivo i servigi che mi chiedeva. Mi riteneva affidabile. C'erano comunque alcune cose di lui che non gradivo, come quando cominciava a parlare e gonfiava le cose.»

«Chissà quante volte avrai risentito la storia del suo concepimento. La stupenda dea Venere che si invaghisce del pastorello.»

Sorridiamo complici. Poi torno seria: «Tu quindi sapevi che io mi ero sostituita a lui?»

«L'ho capito fin da subito.»

«E perché non...?»

«Perché non ti ho tolto la maschera davanti a tutti? A che pro? I Teucri sarebbero rimasti senza guida, con i pericoli che ne sarebbero scaturiti. Eravamo in un luogo straniero, sul punto di partire, con la minaccia dei Berberi che avrebbero sbaragliato tutti. Tu eri mossa da un buon istinto, avevo capito quanto bene vuoi al piccolo Ascanio. Inoltre hai le doti di condottiera, avresti potuto farcela laddove chiunque altro avrebbe fallito.»

Quasi mi commuovo. Anche se il popolo fenicio una volta mi ha dimostrato la stessa fiducia. Ma che un uomo conosciuto da pochi mesi mi parlasse così lo credevo inimmaginabile...

«Cos'altro vuoi che ti dica? Che mi sono innamorato di te? È così, non ho potuto farci niente.»

Sento il cuore gonfiarsi di tante emozioni. Passione. Amore. Gratitudine. Desiderio. Sogno. E anche paura.

«Nelle settimane di Cartagine, mentre io stavo con Enea, tu pensavi a me?»

«Ti desideravo già allora, sì. E ritenevo che Enea non si meritasse di averti al suo fianco, presagivo che prima o poi ti avrebbe abbandonata.»

«Tu non avresti fatto lo stesso, se fossi stato al suo posto?»

Gli brillano gli occhi di sdegno: «No».

«Se tu fossi stato il padre di Ascanio e avessi saputo che era tuo dovere condurlo nella terra promessa dal Fato?»

«Ti avrei portata con me. Ora sei tu che devi scegliere se credermi.»

Certo. E non ha più senso ragionare per supposizioni. Lui mi ha dimostrato la sua fedeltà coi fatti, in maniera limpida, senza altisonanti dichiarazioni, chiuso nel suo silenzio, nella pazienza della sua attesa, schierandosi fin da subito dalla mia parte.

Torniamo dagli altri, qualcuno chiama Ilioneo per soccorrere un cavallo che sta male e lui è bravissimo anche a curare gli animali. Si affretta verso la bestia, mentre io mi attardo ancora un po' tra i rami frondosi e mi cullo nel tepore del ricordo degli attimi appena trascorsi, dei baci segreti, dei corpi che si cercavano con la frenesia di chi ha atteso troppo. Cammino leggera, come sospesa sott'acqua, persa nei miei dolcissimi pensieri, quando vedo qualcosa luccicare nel folto della vegetazione e l'incantesimo si spezza all'improvviso. Temendo che sia un soldato nemico, riprendo in mano il pugnale e mi dirigo in quella direzione.

Lo scintillio pare correre nel cuore della foresta, ne inseguo gli effimeri lampi. Ma ciò che mi guida è un intenso profumo di rose che le navi fenicie avevano commerciato una volta, da Damasco. Strano, non ricordo di aver visto roveti di rose qui nei paraggi.

Proseguo seguendo quel profumo inebriante, non so per quanto tempo: l'unica cognizione è che mi sto allontanando dagli altri. Finché non mi trovo nell'oscurità più totale, fino a un istante prima confidavo nei raggi che, stanotte, rendono la luna un'immensa fiaccola nel firmamento.

Resto spaesata nel cuore del bosco, un fruscio dietro di me mi costringe a voltarmi di scatto e di nuovo, chissà da dove, ricompare la luce.

Così la vedo.

Sfavillante.

Sublime.

Come accesa all'improvviso da un'aureola luminosa che le definisce i contorni. Alle sue spalle due lepri si accoppiano forsennatamente, lei sorride ed effonde amore da ogni poro.

Costei non può essere altro che una dea. Di una bellezza accecante, mi sovrasta con la sua soave figura, i capelli lunghi e ondulati colore del grano ma cangianti: quando reclina la testa diventano bruni, assecondano i movimenti dolci delle sue braccia e in una mano tiene una melagrana.

Coperta da un velo così sottile che rifulge, sotto, la sinuosità del suo corpo rosa-argenteo, due seni gonfi come se dovesse allattare, il ventre piatto come se non avesse mai partorito, i piedini deliziosi, un fiordaliso tra un dito e l'altro. E una voce di mille cristalli: «Non aver paura, Elissa. Così ti chiamavano a Tiro, vero?».

«Chi sei?» pronuncio col poco fiato che mi è rimasto.

«Sono Venere, la madre di Enea.»

Indietreggio intimorita. Quindi gli dèi ci sentono davvero, seguono le nostre vicende? Mi sono fatta trarre in inganno dalle mie convinzioni. Lei sa tutto. Se crede abbia ammazzato Enea, mi odia con tutta se stessa. È giunta qui per infliggermi un castigo? Capisco che mi legge nel pensiero: «So che non volevi uccidere mio figlio e non ti rinfaccerò l'incidente. Ora piuttosto sono qui per aiutarti e lo faccio anche per Ascanio, che si merita il suolo italico. Ho un regalo per te. Mi sono recata nell'officina del mio consorte Vulcano, di fianco alla Sicilia, sono scesa nelle fucine dei Ciclopi chini sulle incudini, mentre il fuoco ruggisce nelle fornaci roboanti, e gli ho chiesto, nella mia maniera persuasiva – so come muovermi per ricevere un sì – di prepararti un'armatura. Eccola».

Io resto stordita, mentre lei si sposta di lato e sfolgora, appoggiato a un tronco di quercia, il suo dono. Il bosco si irradia di luce come se fosse mattina.

Ciò che bevo con gli occhi è tragicamente magnetico.

Uno strumento nato per seminare distruzione, che rifulge di vita. Ammiro l'elmo crestato, la spada funesta e la corazza bronzea. Gli schinieri in elettro, lega d'oro e argento, e oro sopraffino. L'asta mortifera mi rapisce l'anima, così come lo scudo magico, perché sembra profetizzare ciò che sarà. Mi avvicino ipnotizzata e vi leggo sopra il succedersi degli anni, la discendenza di Ascanio, le guerre affrontate, due gemelli neonati che, nella grotta di Marte, succhiano avidamente alle mammelle di una lupa, sottratti alla malvagità di un re che avrebbe voluto ucciderli, mentre la bestia li protegge leccandoli amorevolmente. Vedo delle fanciulle rapite con la forza durante gli spettacoli Circensi, poi altre guerre, i re di Roma – li conto, sono sette –, ciascuno a fronteggiare la sua minaccia, e le insidie di un popolo straniero dalle chiome dorate e le oche del Campidoglio che starnazzano agitate. Innumerevoli imprese, infiniti trofei, lo srotolarsi degli eventi, di comandanti, sacerdoti mi dispiegano personaggi e situazioni di cui non so nulla. Mi baluginano agli occhi con la potenza delle loro gesta, percepisco che qualcosa di grandioso sorgerà e si irradierà nei secoli, ma quanta fatica, quante stragi per la smania di conquista, troppo sangue versato. Costa tanto la gloria umana?

Venere proferisce parole con la sua voce rugiadosa: «Questo è Giulio Cesare: imbattibile in guerra. Un uomo come pochi ne nasceranno, amatissimo dai suoi soldati, desiderato da maschi e femmine, stratega esimio, eccezionale capo di Stato. Morirà per una congiura di senatori, trafitto da ventitré pugnalate, tradito da quella politica conservatrice da lui sempre avversata.

A lui succederà Ottaviano Augusto, vincerà la sagace Cleopatra nella battaglia di Azio, sconfiggerà tremendi demoni egiziaci e divinità mostruose come Anubi, schierate con la regina, assieme a Egizi, Indi e a tutti gli Arabi che volgono le spalle ai Sabei. Con Augusto partirà un impero che renderà ulteriore gloria a Roma in tutto il globo terracqueo. Prendi queste armi forgiate nel fuoco divino e porta avanti le tue battaglie per Ascanio. Buona fortuna, donna che combatte meglio di un uomo: gli dèi ora sono dalla tua parte».

Giunone

Venere trova sempre il modo di scalzarmi, se non fa la primadonna non è contenta. Avrei voluto essere io a parlare a Didone. È la mia protetta, anelavo al momento giusto per svelarle qualche indizio del mondo ultraterreno e questa sciacquetta mi rovina tutto, giocando d'anticipo. Almeno le ha consegnato delle armi degne di Achille, certo avrebbe potuto chiedermi di fare da intermediaria e così mi sarei palesata io per prima a Didone.

Poi perché tanta confidenza, perché l'ha chiamata Elissa? Chissà quanto ha sgobbato il suo deforme marito per accontentarla. Quell'idiota sarebbe disposto a tutto pur di tenersela stretta, tanto lei continuerà a sfuggirgli e a tradirlo con Marte o con chiunque altro le stimoli la concupiscenza.

Mentre lei gioca a indispettirmi, Eurialo e Niso si apprestano a fare strage nel campo nemico. Ascanio, generoso, promette loro due coppe argentee magnificamente intarsiate, due tripodi opulenti, due talenti d'oro e un cratere preso dalla reggia di Cartagine. A battaglia vinta, a Niso viene anche proposto il cavallo pezzato di Turno, quello dal garrese più alto di tutti gli altri, col purpureo cimiero. Poi dodici schiave e dodici prigionieri, ciascuno con le sue armi, e tanta terra quanta ne possiede Latino. Ascanio è saggio, ha capito che i valorosi vanno onorati. Niso lo ringrazia e conclude: «Questo è il momento di andare. I Rutuli giacciono sfiniti dal sonno e dal vino. Passeremo per un sentiero adatto alle insidie e li raggiungeremo, prendendoli di sorpresa nel sonno. Verseremo sangue a fiumi. Poi correremo ad avvisare Enea, cercando le mura pallantee. Io e Eurialo rischieremo insieme quest'imboscata così come abbiamo sempre affrontato ogni cosa».

Eccoli sfidare la sorte. Si guardano orgogliosi del loro coraggio i due innamorati e non sanno quale fortuna sia, per gli umani, non conoscere il momento esatto in cui viene reciso il filo della vita.

Ascanio si sfila dalla guaina d'avorio la spada aurea fabbricata da Licaone di Cnosso e la porge a Eurialo, Niso riceve da Mnesteo una pelle d'irsuto leone.

I due si incamminano, prodi nella notte, il disco della luna quasi pieno permette di orientarsi. I loro compagni li scrutano allontanarsi dalla sommità delle mura e Ascanio sente un dolore al petto molto simile a quello provato quando sua madre Creusa venne inghiottita dalla disfatta di Troia e nessuno seppe più nulla di lei.

Finalmente soli, i due intrepidi si sfiorano con la mano: basta un gesto così delicato per infondere forza a entrambi.

Varcati i fossi, con la protezione delle volte dei boschi, raggiungono il campo nemico e vedono uno stuolo di corpi riversi a terra, stesi dal vino, tra armi e otri, tra briglie e ruote dei carri a riposo.

Niso lancia uno sguardo d'intesa al suo bello, che intende al volo: devono dividersi, vigilare allontanandosi l'uno dall'altro. Non troppo, ma quanto basta per controllare la situazione. Eurialo si getta nell'eccidio: per primo lascia la vita Ramnete, re e augure, che dormiva su spessi tappeti. È la volta di tre armigeri, dello scudiero di Remo e di un auriga sdraiato ai piedi dei cavalli: il gesto mortale di Niso gli affonda la lama in gola. Lì accanto sonnecchia il loro padrone: il troiano lo decapita con un taglio potentissimo e la testa rotola tra i giacigli, perdendo nero umore. Tocca a Lamiro, a Lamo e al giovane Serrano che fino a poco tempo prima aveva giocato. Niso non si ferma, è assetato di sangue come un leone affamato che, balzato dentro a un ovile, si scaglia sui teneri agnelli, ammutoliti dal terrore.

Eurialo non è da meno. Mentre sono cullati dall'inconsapevolezza del sonno, ammazza Fado, Erbeso e Abati. Reto intanto, svegliatosi per i rumori, si è nascosto sgomento dietro a un grosso cratere, ma Eurialo se ne accorge, lo raggiunge con due salti e gli affonda la spada nel petto, per poi estrarla guizzante di sangue, mentre altro sangue fiotta fuori dalla bocca mescolato al vino. E intanto si assopisce l'ultimo fuoco, i cavalli brucano l'erba. Eurialo riesce a sottrarre delle armi, indossa l'elmo di Messapo, scintillante e crestato. Poi riprendono la meta, separati, li attende ancora tanta strada.

Non sanno i tapini che, intanto, trecento cavalieri, mandati in avanscoperta dalla città latina, stanno portando a Turno la risposta del re. Avrebbero galoppato dritti per la loro strada, se uno di essi non avesse intravisto baluginare l'elmo appena rubato da Eurialo. Proprio quello tradisce il frigio, colpito per un secondo, di sghembo, dal raggio lunare. Volcente, alla guida del drappello, sprona all'attacco i compagni, si gettano nella selva – densa di cespugli, rovi e di lecci – e bloccano ogni uscita.

Eurialo, compreso il pericolo, si affretta a scomparire dal loro arco d'azione, ma è ostacolato dai rami fitti e dal pesante bottino, Niso – inconsapevole che sta abbandonando il suo grande amore proprio nel momento del bisogno – già volge verso le alte pasture albane. Troppo tardi s'accorge di essere solo, chiama Eurialo, tagliando con la sua voce affranta il ventre buio della notte: nessuno risponde. Subito si getta a ritroso nel cammino appena tracciato, cerca le sue impronte nella selva ingannevole, vaga scavalcando i cespugli insidiosi, corre come un pazzo, aguzza l'udito.

Finché sente il rumore, lo schiamazzo degli assalitori, il nitrire dei cavalli e si precipita in quella direzione. Quando scorge il suo diletto trascinato senza pietà dall'armata, esita, ma è solo un attimo che gli serve per propiziarsi la luna.

Poi, per depistare il nemico, scaglia l'asta che vola decisa nell'aria nera e colpisce in pieno lo scudo di un tal Sulmone, dove si fracassa: ma anche un legno spezzato può essere fatale e infatti gli attraversa i precordi. L'offeso casca da cavallo sussultando disperato, finché un caldo fiotto di sangue lo soffoca.

Gli altri scrutano attorno, sfidando con gli occhi gli oscuri antri creati dai rami: da dove è arrivata l'arma mortale? Intanto Niso colpisce di nuovo: la sua seconda lancia attraversa la testa di Tago, da tempia e tempia, e s'intiepidisce dentro al cervello profanato. Volcente, furioso perché non trova l'autore dei cruenti attacchi, si volge a Eurialo, puntandogli la spada: «La pagherai cara, tu che sei tra le mie grinfie, al posto di chi si nasconde» e subito gli trafigge il candido petto.

Niso irrompe fuori, ma ormai è troppo tardi: «Nooo! Prendetevela con me! Lui non c'entra nulla, unica sua colpa è avermi amato troppo!» e intanto vede il suo carissimo cadere spirando in una pozza di sangue, come fa il fiore, sul margine del prato, quando passa l'aratro e inavvertitamente lo recide.

Niso impazza sbavando dolore contro i nemici, che intanto, avendolo accerchiato, lo pressano da ogni dove, ma lui non indietreggia, cerca l'assassino di Eurialo, Volcente spietato: si dirige verso di lui mentre risponde ai molteplici assalti, rotea la spada con mossa fulminea e la conficca nella bocca del Rutulo. Gli altri lo aggrediscono insieme, lo trafiggono con armi acuminate, immagino che qualcuno piangerà lacrime copiose quando verrà a sapere che Niso, un istante prima di esalare l'ultimo soffio di vita, si è gettato sulla salma dell'amato.

I Troiani lo scoprono all'alba, quando riprendono i combattimenti e Turno decide di guidare le bronzee schiere in modo che siano ben visibili, dalle mura frigie, le teste dei due eroi dardanidi infisse nelle aste, miserevoli a vedersi. Così, quando la madre di Eurialo apprende di aver perso il figlio, sviene dal dolore e, appena si riprende, getta urla atroci e si strappa i capelli, ma chi può consolare una donna dilaniata da un tale strazio?

Il segno che comincia l'assalto è dato dal rimbombo della tromba che fa rintronare il cielo, i Troiani stanno in difesa sulla parte sinistra del muro – la destra della novella città è protetta dal fiume –, i Volsci attaccano con una formazione a testuggine che resiste ai dardi e ai duri pali, s'incrina soltanto quando vengono scaraventati giù dalle mura massi rovinosi.

Allora i Rutuli, per ricacciare il nemico sotto gli spalti, lo inondano di proiettili. Vogliono aprirsi un varco, mentre Mezenzio appicca fuochi, Messapo, figlio di Nettuno, squarcia gli spalti e vuole arrampicarsi sulle pareti, incita gli altri a portare delle scale.

In un luogo opportuno si erge un'alta torre di presidio, lì Turno getta una torcia ardente e subito la costruzione prende fuoco, l'incendio divampa alimentato dal vento, i Dardanidi, chiusi in trappola, si addensano nell'unica parte ancora non bruciata, finché – orribile a vedersi – la costruzione crolla con grande sfacelo. Periscono quasi tutti, superstiti soltanto il pubere Elenore e Lico, ma già sono accerchiati dai guerrieri di Turno. Elenore si butta laddove vede più dense le armi, combatte da valoroso fino all'ultimo, mentre l'altro fugge fino alle mura e, prima di essere afferrato e sfracellato da Turno, cerca di scalare la parete, almeno per toccare le mani dei compagni.

Il conflitto prosegue, vengono versati fiumi di sangue e per la prima volta Ascanio scocca frecce mortali dall'alto: per lui che già era tanto bravo a caccia è un gioco semplice abbattere tanti soldati là in basso. Numano, che da poco aveva sposato la sorella più piccola di Turno, lo offende, laggiù, al di là delle mura: «Ve ne state nascosti dentro, eh? Non vi basta quello che vi fecero i Greci col cavallo di legno, volete essere sconfitti due volte? Sapete contro chi vi siete messi, usurpatori di spose altrui? Noi siamo popoli latini, razza indurita dalla fatica e dalla caccia, noi cresciamo lavandoci nel gelo e nelle onde dei fiumi, per noi è normale guidare cavalli e indirizzare le frecce ovunque vogliamo, siamo allenati alle armi fin da bambini e nemmeno da vecchi perdiamo il vigore. E adesso voi venite qui e pretendete di conquistarci, viscidi orientali effemminati, voi amanti delle danze e di vesti da fanciulla? Tornate sui vostri monti a suonare i cembali e i flauti costruiti con la doppia canna!».

Ascanio non accetta le ingiurie, tende sulla corda equina una freccia e, chiesto l'aiuto di Giove, la scaglia trafiggendo la testa di Numano, poi grida, soddisfatto: «Sbeffeggiateci pure... Intanto noi Troiani effemminati vi rispondiamo questo!».

La guerra prosegue tra fracassi di armi e urla bestiali, sul suolo un tappeto di dardi, uomini esangui sui quali inciampano i compagni.

Bizia e Pandaro sono due fratelli altissimi, messi a presidio della porta troiana, uno a destra e uno a sinistra. La aprono, convinti che a difenderla basti la loro mole: così smisurata che, coi loro pennacchi sull'elmo, li fa sembrare due torri. I Rutuli irrompono dentro, molti di essi muoiono stroncati dai colossi. Sopraggiunge Turno e uccide diversi nemici, poi scaglia contro Bizia una falarica, che pare fulminarlo. Il gigante rovina a terra e a suo fratello si spezza il cuore, a vederlo così: ma subito ha la prontezza di pressare sulla porta respingendo gli ultimi arrivati, pigia con tutta la forza del suo possente corpo. Turno è rimasto dentro le mura da solo, agguerrito come una tigre, per nulla timoroso. Pandaro gli sta addosso, furibondo per la perdita del fratello: «Ora me la pagherai».

«Dimostramelo. Almeno potrai raccontare di aver conosciuto in me il tuo Achille.»

Quello gli butta un'asta grezza, ma Turno la schiva e incalza con la spada, si issa con un salto stupefacente e cala dall'alto con un colpo secco, tagliandogli in due la testa fino alle forti mascelle e giù giù, fino al collo.

I Troiani presenti vengono presi dal terrore, Turno ne approfitta per farsi avanti e spedire molti di loro all'Ade: Faleri e Gige, Ali, Fegeo, Alcandro, Alio, Noemone e altri. Poi avanza fino alla destra dell'argine.

Intanto sopravvengono i più fieri tra i Teucri: Mnesteo e Seresto. Si fanno avanti, di fronte a Turno che, così preso d'assalto, è costretto a ritirarsi verso il fiume, finché non trova come unica via di scampo quella di buttarvicisi dentro.

Accerchiati nei bastioni, i Frigi si difendono strenuamente – con giavellotti, massi, frecce, perfino fiaccole ardenti – e Ascanio combatte con gloria, i capelli disciolti sul niveo collo.

Didone

È fatta, ora anche gli Etruschi sono dalla nostra parte. Tarconte, che abbiamo appena visitato, non ha indugiato a prometterci aiuto e adesso la mia nave naviga, prima tra quelle alleate di Evandro e tra quelle etrusche, riconoscibile dai leoni orientali conficcati sul rostro. Hanno aderito tante città: Chiusi, Cosa, Populonia ci ha dato seicento giovani guerrieri, trecento l'Elba. Asila conduce mille soldati e si dice che possa comunicare con gli animali, con le stelle e con il fuoco. Poi Pisa, Cere e molte altre città fino ad arrivare al popolo dei Liguri, temibile per ogni esercito schierato a battaglia e il suo condottiero si distingue per l'elmo su cui sono state innestate piume di cigno. Poi c'è Ocno, figlio di Manto e del fiume etrusco, colui che issò le mura su Mantova e le assegnò il nome di sua madre: cinquecento uomini partirono salutando il Mincio ombreggiato da canneti. E la lista non finirebbe qui: non siamo più soli.

In questa notte straordinaria in cui la luna brilla quasi come il sole, schiarendo le acque del Tevere, mi ritaglio un momento di solitudine e fisso il placido ondeggiare delle acque spezzate dal nostro passaggio. Ripensare ad Anna mi infonde nostalgia, ma anche forza. Nostra madre ha detto di non preoccuparmi, lei è al sicuro con Iarba. Ma lo ama davvero, è felice o si è autoconvinta di esserlo? È così difficile, per una donna, ritagliarsi il suo posto nel mondo...

Mentre divago tra questi pensieri, un borboglio dal fiume cattura la mia attenzione e mi sporgo dal ponte, gli uomini della notte continuano a remare mezzi assonnati. Solo io li vedo: volti di donna tra i flutti. Mi guardano e mi si rivolgono con voce mai udita: «Non ci riconosci, vero? Siamo i pini sacri della vetta dell'Ida. Quando Turno ha dato fuoco alle vostre navi, ci siamo trasformati in ninfe. Cibele ci concesse di non essere distrutte e divenire divinità fluviali.»

Diversi eventi hanno scosso le mie certezze, ultimamente: i prodigi avverati, la discesa agli Inferi, prima Venere in persona, ora queste creature fulgenti e madide che escono dall'acqua, esibendosi fino al collo. Soltanto io le posso percepire: «Dovete affrettarvi, Ascanio e gli altri sono stretti dall'assedio! Son morti molti valorosi per difendere la cittadella, preparatevi alla battaglia non appena sbarcherete».

S'immergono sott'acqua e creano delle correnti con le braccia che rendono più veloci le navi. Vorrei lanciare una preghiera a Giunone, cui tante volte ho offerto sacrifici sulla Byrsa. Se questi accadimenti portentosi sono veri e non frutto della mia fantasia, allora anche la dea mi ascolta.

Trova un modo per farci arrivare dagli altri più presto che puoi, benevola moglie di Giove. Lo so che mi sei sempre stata accanto. Prima non lo capivo, ma adesso riesco a leggere tanti eventi dove il tuo tocco invisibile è stato prezioso.

Qualcosa accade, infatti. Giungiamo molto tempo prima del previsto, il sole si sta levando con il suo profumo d'oro e arance selvatiche. Sentire il grido di gioia dei miei alzarsi dalle mura mi conforta come se già fossi là tra loro, Ilioneo mi lancia uno sguardo di complicità, vorrei abbracciarlo ma mi limito a ingiungere ordini affinché lo sbarco sia per noi il meno rovinoso possibile. Ma non c'è maniera per impedire a Turno di attaccarci, l'astuto pensa che sia meglio sorprenderci mentre scendiamo, ancora storditi dal viaggio, sa quanto la fortuna aiuti gli audaci.

Suonano le trombe anche qui a riva, non c'è tempo per riprenderci dalla navigazione e dalla stanchezza, saltiamo giù armati e corazzati, pronti alla lotta, chi esita è morto. Ammazzo Terone, Lica, che uscì dal ventre della madre già morta, Cisseo e Gìa armati di clava, colpisco Faro proprio in mezzo alla bocca, mentre quello vaneggia stupide parole.

Ogni tanto cerco Ilioneo con lo sguardo e vedo il suo elmo diretto verso di me: controlla che nessuno mi abbia ferita. Anche se non vorrei – preferirei mille volte scendere a patti – continuo il massacro e ora tocca a un giovanissimo morire per mia mano, quando si accascia gli estraggo l'elmo e valuto con dispiacere che la sua soffice barba è spuntata da poco per la prima volta. Subito dopo, poco lontano da noi, scorgo un guerriero molto più grande a cui hanno indicato il corpo senza vita di un tal Cidone. Quello grida disperato al cielo: al che capisco che i due si amavano.

Era da tanto che non mi allenavo, ma l'abilità non mi abbandona, recupero le forze non so da quale antro nascosto, incredibile le risorse che non immaginiamo di avere e di cui possiamo disporre nei momenti meno impensati: squarcio la corazza di Meone e infilzo il suo petto, il meschino muore gorgogliando sangue dalla bocca. Tanti ne uccido quanti Troiani cadono per mano di Turno e dei Rutuli assetati di sangue, i loro alleati non sono da meno: così si combatte all'ultimo respiro sul confine tra il fiume e le novelle mura.

Di nuovo lo guardo e provo a parlargli col pensiero. Ilioneo, non devi farti colpire, non voglio perderti proprio adesso. Lui è troppo preso, sta respingendo l'assalto di un uomo che sembra un orso, so che il mio amante segreto lo fenderà dove quello meno se lo aspetta. E infatti dopo tre minuti rivedo il tizio steso a terra, la spada gli ha trapassato un occhio e ora, al suo posto, c'è una cavità grondante.

Incredibile come le sorti non si ribaltino, tanta fatica spendono gli uomini per scannarsi a vicenda e poi tutto resta quasi come prima, noi non indietreggiamo di un passo né i Rutuli avanzano. Come venti opposti che si scontrano a fior d'acqua: il mare si gonfia, s'increspa, diventa torbido, ma nessuna delle due correnti prevale.

Pallante vuole sfruttare l'imperizia degli Arcadi, notevoli quando combattono a cavallo, ma ora sono a piedi perché la zona è impraticabile e il principe, coi suoi abili fanti, vuole sfidarli, ma non prima di aver invocato la protezione del dio Tevere. Incita i suoi, devono approfittarne. Lago svelle un macigno enorme, per tirarglielo, ma Pallante lo anticipa colpendolo nel costato. Vorrebbe vendicarlo Isbone, ma il figlio di Evandro gli infilza un polmone. Poi fa cadere a terra Stenio e Anchemolo che osò violare il talamo della matrigna. Quindi i gemelli Laride e Timbro, indistinguibili da quanto sono due gocce d'acqua e i genitori si beavano di scambiarli sempre uno con l'altro.

E intanto, nella risma, c'è chi cade colpito da una lancia diretta altrove, chi tira un dardo a caso, perché tanto da qualche parte cadrà pure, chi sprona, chi ferisce, chi soccombe. Muoiono a bizzeffe i figli d'Arcadia, gli Etruschi, i Troiani sopravvissuti ai Greci.

Pallante si incrocia col coetaneo Lauso, figlio di Mezenzio. Ciò che mi piace della lotta è la sua parte più onesta, il confronto tra medesimi, tra chi ha usufruito delle stesse possibilità, tra chi coltiva la stessa perizia, situazione che avviene sempre più di rado, perché, purtroppo, si misurano spesso soldati con armi impari, c'è chi prende alla sprovvista, chi gioca sporco. Ma stavolta no. Pallante e Lauso sono due combattenti uguali. Sarebbe bello se questi due giovani – che hanno le stesse potenzialità, la stessa muscolatura – contendessero per stabilire chi davvero è più forte. Ma giunge Turno a rovinare l'agone, sostituendosi a Lauso e rendendo lo scontro sbilanciato. Scaglia contro Pallante la rabbia furibonda alimentata nei confronti di Evandro e gliela sputa in faccia: «Vorrei che tuo padre vedesse come tra poco ti ammazzerò».

«Mio padre sa benissimo che potrebbe non rivedermi più.»

«Sarò buono: gli rimanderò le tue spoglie, mi terrò per trofeo solo le tue armi. Evandro pagherà a caro prezzo l'amicizia elargita allo straniero.»

Turno smonta giù dalla biga con un abile salto e già gli è addosso. Questa non è una battaglia leale, non c'è proporzione tra la perizia di Turno, il suo risentimento di piombo, la sua scaltrezza rodata e l'inesperienza di questo innocente. Facile vincere quando hai un tale vantaggio, vergognoso. Coraggio non è sbruffoneria, non è calpestare chi è più debole. Coraggio è affrontare tutti i giorni la vita e rispondere ai suoi affronti con la pazienza dei disarmati, coraggio è accettare la sfida dei giganti quando sei una piccola pedina senza protezioni.

Vorrei raggiungerli e frappormi tra loro, ma non arriverei mai in tempo, troppi corpi ci ostacolano. Cerco Ilioneo, mi manda un cenno, immagino l'amarezza nei suoi occhi di grafite nera: abbiamo avuto lo stesso pensiero.

Per Pallante è finita, è solo questione di minuti e infatti poco dopo lo vedo steso a terra sanguinante, spogliato delle armi. Così m'incattivisco, falcio con la spada quanti ne posso, mi apro la strada furente verso il cadavere, scaglio giavellotti e tanti ne annientο che perdo il conto. Ma è ben poca cosa, tutto questo sangue versato. Cos'ho fatto? Quanti Pallante si nascondono tra i giovani cui ho tolto la vita? Che senso ha questa guerra feroce?

La mia anima è lacerata tra il dolore per il giovane strappato alla vita e l'odio per Turno. M'immagino il volto distrutto di Evandro, quando riceverà la luttuosa notizia. Il suo unico figlio, la luce dei suoi occhi.

Voglio affrontare Turno. Ma lui sembra sfuggire, che strano, non è certo tipo da tirarsi indietro. Lo vedo ritirarsi dalla mischia, salire su una nave, e là accade qualcosa di strano: sul suo ponte, il rutulo saetta al vento la sua spada e pare che duelli contro un fantasma. È impazzito all'improvviso? Contro chi ce l'ha, stavolta? Intanto l'imbarcazione si allontana e lui, come se fosse in preda a un attacco di follia, continua a battagliare contro mostri invisibili.

Venere

Giunone ha fatto in modo che Turno vedesse il simulacro di Enea e lo inseguisse su una nave, che ha preso a risalire lungo il Tevere: è stato solo un pretesto per allontanare Turno fino ad Ardea e dare un po' di respiro alla regina fenicia. Magnifica con la nuova armatura forgiata da Vulcano, si è mossa da vera guerriera, sa dominare il campo di battaglia e non rinuncia, ogni tanto, a controllare come se la passa il suo Ilioneo.

La strage continua, mille sono i nomi sacrificati, il Sole attraversa intanto la volta del cielo ed è quasi a metà. Mezenzio, terrificante a vedersi, scende in campo con fare torbido. Didone è il suo bersaglio, nessuno sa che sotto quell'elmo divino e quella corazza si celi una donna, nessuno immagina chi veramente impugni lo scudo ricurvo, scolpito con storie in bassorilievo. Mezenzio attacca colui che crede Enea con una lancia che, però, viola Antore tra il fianco e l'inguine: così, come tanti, muore per un colpo non destinato a lui. Tocca ora a Didone, la cui lancia trapassa con forza lo scudo di

Mezenzio – attraversato in tutti i suoi strati di lino e di pelli di toro e triplice bronzo – e si ferma nel profondo dell'inguine. Interviene il giovanissimo Lauso con le lacrime al volto, in apprensione per il padre: Didone è costretta a ficcargli la spada nel petto, ma – vedendolo morire – ripensa ad Ascanio, non è giusto strappare un fiore appena sbocciato. Intanto Mezenzio si dispera, si incolpa della morte del figlio che voleva difenderlo, si flagella per aver permesso questo scempio. Montato a cavallo, si butta contro Didone. Tre volte le cavalca attorno provando a fenderla: tre volte lei si difende. Ma quel duello la snerva, i muscoli cominciano a dolerle, così decide di snellire il tempo e trapassa con la spada la testa del cavallo del suo assalitore. Esso impenna e nitrisce, poi cade a terra colpendo l'aria con calci, ma il peggio per Mezenzio è che gli stramazza addosso il suo destriero. Gli spezza una spalla e lo tiene bloccato a terra. Ora che lui resta intrappolato, è una bazzecola, per Didone, recidergli la gola.

Si opta per la tregua solo quando Aurora dai sandali arancio ha compiuto il suo corso. La sovrana sidonia appende a una quercia le armi del capo appena sconfitto, il superbo Mezenzio, obolo a Marte.

Il rientro nelle mura è un triste tributo, piangono le troiane coi capelli sciolti, Didone si appressa alla salma del candido Pallante e lo commisera, Ascanio la abbraccia mentre lei soffonde parole alate: «Questo significa la mia vittoria? Quanti sacrifici ancora, quanto sangue? Che penserà il misero padre, privato della luce dei suoi occhi: a questo lo spronava a combattere, per tornare freddo e immobile su un carro funebre, trainato da cavalli? Riportatelo a casa insieme a mille uomini scelti che scortino le estreme onoranze e stiano accanto a quell'uomo distrutto. E aggiungete in dono cavalli, come bottino, e armi, e prigionieri, e tutto ciò che il ragazzo ha razziato».

Qualcuno intreccia il feretro con verghe di corbezzolo e rami di quercia, poi depongono il corpo su fieno di campagna, Didone ricopre il giovane con un drappo di porpora e uno dorato e lascia che il silenzio incomba: nutre nel petto un grande dispiacere per tutti i guerrieri defunti. Le sembra strana questa pietà che si fa strada dentro di lei, un sentimento di tristezza e compassione dispiegato anche per i nemici, ma oggi, nella strage delle stragi, ha capito quanto ogni corpo morto si assomigli. Come si assomigliano i lamenti laceranti delle madri latine rimaste prive dei figli, così le lacrime dei compagni che non rivedranno più i loro.

Quando messi latini si presentano con rami di ulivo, chiedendo una tregua, Didone annuisce. È sfinita e ferita in più punti, ma non si lamenta, vorrebbe proporre altro. Le hanno detto che – non si sa perché – Turno è stato condotto ad Ardea su quella nave dove sembrava lanciare fendenti contro uno spettro e lei vorrebbe mandargli un'ambasciata: mi chiedete la pace per i morti e io vi propongo di estenderla anche ai vivi. Basta con questi eccidi. Finiamola. Vuoi la fanciulla, Turno? Te la lascerei, ma il Fato ce lo impedisce. Non mi credi? Anch'io stento a credermi, però è così: gli dèi esistono, sono attorno a noi, sempiterni, beati, imponderabili, d'aspetto inebriante, partecipi il giusto e solo quando ne hanno voglia, servitori e ancelle delle Parche. Anch'io pensavo che fosse una sciocchezza il loro coinvolgimento nei destini umani, ma sto immolando la mia vita alla causa: possibile che tu mi ritenga così stolta? Ora, premesso che, se dipendesse da me, per prima cosa chiederei a Lavinia cosa pensa di tutto questo e cosa desidera – ma credo anche che lei sia stata allevata per obbedire, quindi forse non avrebbe opinioni al riguardo –, il problema vero è che il suo sangue deve incrociarsi con quello troiano, perché da quest'unione discenderà il più illustre impero mai visto. Non ci possiamo fare niente, Turno. Se dipendesse da me, te la potresti sposare e ciò mi eviterebbe anche qualche piccola grana, come per esempio il fatto che dovrò imporla ad Ascanio. Quindi, re dei Rutuli, prendi la mia destra, accetta l'amicizia frigia, smettiamola di sacrificare giovani nel fiore degli anni, troviamo un accordo. O altrimenti vediamocela io e te e chi vince avrà la meglio.

Questo vorrebbe mandargli a dire, ma si limita a concedere il tempo di raccogliere i tanti cadaveri e seppellirli: dodici sono i giorni pattuiti – dodici giorni strani, lenti, lucidi, obliqui – in cui i nemici si mescolano indenni per i boschi, abbattono con l'ascia i pini alti fino alle stelle, le querce, gli odorosi cedri, gli ornielli.

Quando Evandro riceve la salma di Pallante, la reggia risuona degli ululati della tragedia. Il tempo del pianto si somma al tempo del rimorso, l'intera strada maestra riluce di fiaccole funebri. «A nessuno si può chiedere di sopravvivere a un figlio» grida il disgraziato.

Anche a me è stato chiesto, io ho visto morire Enea.

Nessun cordoglio per la dea dell'amore e della venustà? Giunone potrebbe obiettare che è diverso, perché io sono immortale e posso compensare le perdite col ciclo fiorito della rinascita.

I Dardanidi aspettano che torni Aurora per accendere i roghi e galopparvi attorno tre volte: il cielo sembra partecipare al lutto, coperto com'è di nera caligine. La terra si irrora di lacrime, qualcuno getta sulla pira spoglie dei guerrieri uccisi, altri aggiungono offerte, nel mentre buoi e maiali dalle setole spesse vengono sgozzati in sacrificio e arrostiti sulle fiamme. Si leva un profumo di carne alla brace.

Eccoli, gli uomini, tutti sempre così ugualmente sbigottiti di fronte alla morte.

Sono rabbuiati allo stesso modo e bloccati dallo sgomento: madri infelici, spose di un luttuoso talamo, orfani o padri privati della gioia dei figli, amici rimasti col cuore mozzato. Non capiscono che non vale la pena dannarsi così tanto e la vita è solo un breve sogno?

Il terzo giorno radunano le ceneri e le ossa, per custodirle sotto un tumulo di terra.

Nella città di Latino in molti, inclusi gli alleati, imprecano parole ostili contro la guerra voluta da Turno. Latino, com'è d'uso, raduna l'assemblea, ma non vuole tornare indietro sui suoi passi, ogni presagio avverte che la venuta di Didone è imposta dal Fato. Propone anche di donare ai Frigi delle terre collinose prossime al fiume etrusco, vaste fino ai campi sicani, le coltivano Aurunci e Rutuli. Così un giorno saranno loro alleati. Latino parla a Turno, che lo ha raggiunto. Con voce paziente, lo vorrebbe far desistere: «Ragazzo mio, sei padrone del regno di tuo padre Dauno e delle città sottomesse: perché ti sei incaponito con mia figlia? Perché non ti scegli un'altra moglie? Lo sai, le profezie mi impongono di sposare Lavinia con uno straniero, non posso concederla a te. Perché continuare a spargere tanto sangue, quando basterebbe una tua parola per interrompere questo assurdo conflitto?».

«Voglio tua figlia. Nessuno potrà farmi cambiare idea.»

Lavinia, presente, arrossisce all'improvviso. Forse le piace questo spirito combattivo che per lei ha scatenato una guerra di popoli? Si è invaghita del suo corpo bellissimo, del suo volto furente? O si sente importante? Amata corre ad abbracciare quello che sognava diventasse suo genero.

Intanto si leva la voce del malevolo Drance, sempre roso dall'invidia, che invita a risolvere la questione in un duello tra Turno ed Enea: che se la vedano loro due.

Ma Turno non vuole, ce la possono ancora fare, enumera gli alleati – Messapo, Tolumnio, Camilla, a capo dei Volsci – esorta a non perdersi d'animo. Intanto i Troiani – che non hanno più posto nel cuore per contemplare la pace, non la sognano nemmeno come un miraggio lontano, tanta è l'amarezza e l'abitudine a difendersi guerreggiando – si schierano a battaglia e discendono attraverso i campi bagnati dalle acque tiburtine.

L'assemblea dei Latini è rinviata, devono armarsi, dalla roca buccina parte il segnale di guerra. Le madri salutano i figli con quello sguardo lancinante che ha chi sa che forse non li rivedrà più. Amata sale sull'alta rocca di Pallade con Lavinia, che cammina con gli occhi bassi, le seguono molte donne, riempiono il tempio di fumi d'incenso e implorano la dea di abbattere quello che credono l'eroe troiano. La rabbiosa Amata confida ancora che ci sia un barlume di speranza per le nozze tra sua figlia e Turno. Non sa la poveretta che tutto è già stato segnato e che anche per lei stanno scoccando le ultime ore di vita.

Didone

I giorni di tregua sono finiti, ci stiamo preparando per affrontare le ostilità. Guardo Ascanio e mi meraviglio, ogni volta, di quanto sia maturato in questi mesi. È diventato più alto di me, gli è cresciuta una peluria che preannuncia la barba. Ha cambiato lo sguardo: più accorto, per nulla impulsivo, forse rivestito di quella durezza che, in tempi di guerra, diventa corazza di sopravvivenza.

Ieri sera, poco prima che il tramonto concludesse il suo arco al tamarindo, ci siamo concessi una passeggiata. Il Tevere frusciava in sottofondo come rumore quasi armonico, la carezza cui le nostre orecchie si sono ormai avvezzate, e ci siamo appoggiati su due olmi, uno di fronte all'altro, guardandoci negli occhi. Ho approfittato di quel momento di solitudine – quasi unico, certo raro – per parlargli: «Ascanio, so che hai solo dodici anni...».

«Quasi tredici.»

«Infatti, ho sbagliato» gli sorrido. «Stai diventando grande.»

Questa frase lo imbaldanzisce di più, lo percepisco dal suo sorriso compiaciuto.

«Ho apprezzato molto che tu abbia seguito il mio ordine di non combattere in campo aperto, durante la mia assenza. Ti stai distinguendo per senno, senza contare l'abilità con le frecce.»

«Perché mi fai stare sempre nelle retrovie, allora?»

«Perché combattere non significa buttarsi alla cieca. Significa giudicare quando è il momento, scrutare l'andamento, le energie spese, le risorse residue e volgere ciò che ci è rimasto a nostro favore.»

«E io non sono in grado di farlo?»

«Stai imparando. Non avere fretta, avrai il tempo di stancarti anche tu della lotta. Ma prima che arrivi quel momento, apprendi tutto ciò che puoi dalla posizione in cui ti trovi.»

Non è soddisfatto, ma non osa obiettare. È stato educato ad avere rispetto del padre e tale mi crede ancora. Cominciamo a camminare lungo l'argine. Un rumore, da un cespuglio, ci dice che un animale sta scappando per colpa nostra.

«Ascanio, c'è una questione che dobbiamo affrontare.»

«Dimmi, padre.»

«Le circostanze mi spingono a proporre a Latino di far sposare con te sua figlia Lavinia.»

Mi guarda stupito, mentre proseguiamo su una sorta di sentiero creato dai passi dei miei uomini.

«Ma questa guerra non è scoppiata perché Turno la voleva in moglie e Latino l'ha promessa a te?»

«Sì, però le cose sono cambiate.»

«Perché?»

Sospiro, tentata di raccontargli tutto. Ma occorre pazienza e io ne ho da spargere al vento: «Ora non posso spiegartelo. Ma c'è un valido motivo per cui non posso sposare quella ragazza. Mentre ho pensato che per te potrebbe essere un bene imparentarti con la stirpe di Latino».

«Lei è più grande di me, dicono.»

«Sì, di qualche anno. Ma credimi, non è grave. Quanti uomini che hanno quasi attraversato l'arco della loro vita si sposano con giovani fanciulle?»

«È diverso...»

«Perché sarebbe diverso?»

«Perché di vecchi sposati con donne più giovani ce ne sono tanti. È la normalità.»

«Bene, noi stravolgeremo questa normalità. Sono gli uomini e le donne che fanno le consuetudini. E le consuetudini restano rigide finché non arriva qualcuno di coraggioso a cambiarle. Tu, per quel che mi riguarda, sei il ragazzo più coraggioso che conosca.»

Non è un tentativo di conquistare la sua benevolenza, no. Lo penso davvero.

«C'è qualcos'altro, a parte la piccola differenza d'età, che ti preoccupa?»

Raddrizza le spalle, poi si azzarda ad accennare alla potenziale suocera: «La Fama ha riportato che Amata ci detesta. Non permetterà mai che sangue troiano si mescoli a quello di sua figlia».

«Di quella pazza non ti curare. Me ne occuperò io personalmente, qualora dovesse arrecarti qualsiasi forma di noia.»

«Va bene, padre.»

Ci sediamo con le gambe incrociate sulla sponda del Tevere, così terribilmente maestoso ora che sta per calare la notte, con quella striscia di madreperla violacea, regalata dal riflesso della luna.

«Vedi, Ascanio, io avrei voluto che tu ti innamorassi di qualcuno che ti riamasse a sua volta. Così appagati, vi sareste scelti reciprocamente e avreste vissuto in felicità. Ma purtroppo da te dipende la fondazione di una città, Alba Longa, che sarà il primo mattone nella costruzione di qualcosa di magnifico, un impero immenso, il più grande che abbia mai dominato. Ti chiedo se sei pronto, altrimenti troverò una soluzione.»

«Sì, padre. Sono pronto. Se c'è una cosa che tu mi hai insegnato è l'accettazione di ciò che la vita comporta.»

Davvero gli ho insegnato questo? O forse sto cogliendo il frutto del pio esempio di Enea? Che, sarà anche stato un oratore egocentrico, ma si è caricato del peso che il Fato gli ha posto sulle spalle, nonostante si sentisse inadeguato a quel ruolo di pietoso fuggiasco. Mi perderei nella palude dei miei dubbi se Ascanio non mi strappasse l'aria davanti, con un'osservazione a bruciapelo: «Padre, sapete che voi siete cambiato?».

«In che senso?» domando mentre sento salire lungo i polpacci un senso di disagio.

«Da quando siamo partiti da Cartagine, non siete più voi. Forse il prodigio che vi ha dato queste sembianze vi ha reso anche diverso?»

«Cosa noti di diverso, esattamente?» indago, cercando di non far trapelare incertezze nella voce.

«Vi preoccupate per me e per i compagni come non avete mai fatto prima, trascorrete più tempo in mia compagnia, riuscite a dare ordini, a organizzare e a pensare alle conseguenze in un solo momento, è come se aveste una mente che abbraccia tutto...»

Mi scappa una risata liberatoria. Per un attimo mi ero spaventata, temevo che avesse capito. Ma no, non può essere, nutre troppa stima nei miei confronti. E la giovinezza lo avvolge della benda luminosa della fiducia negli eventi.

L'indomani si apre con un cielo nuvoloso e noi sappiamo quanto la natura sia foriera di messaggi. Occorre circospezione, mai dare nulla per scontato. Enea in persona mi aveva ammaestrata sulle loro tattiche di guerra e io ne ho fatto tesoro. Ho mandato in avanscoperta le truppe a cavallo, mentre assieme a Ilioneo e a pochi altri armati alla leggera mi sono inoltrata dentro ai boschi, per valicare il giogo e raggiungere la città. Io e lui camminiamo più avanti, in disparte.

«Hai sentito che oggi combatterà anche Camilla?» mi chiede Ilioneo.

«Sì, la Fama ha fatto volare la notizia.»

«È a capo dei Volsci e pare che Turno la stimi molto.»

«Lei ha scelto l'alleanza sbagliata.»

«I Volsci sono amici di Ardea da tempo, non avrebbe potuto fare altrimenti.»

«Hai sentito cosa dicono sul suo conto, Ilioneo?»

Lui mi sorride. Da ciò capisco che anche lui, come me, è abituato a soppesare la tendenza delle leggende all'esagerazione.

«La sua infanzia è incredibile. Suo padre Metabo era re di Priverno. Cacciato dalla città, scappò inseguito da bande furiose di concittadini portandosi appresso la bimba neonata. Si dovette fermare sulla sponda del fiume Amaseno perché le acque erano rigonfie per via delle piogge. Non potendole guadare e volendo salvare la piccola, la legò alla sua asta di rovere, dopo averla avvolta in un letto di corteccia, e fece volare l'arma fino all'altra parte del fiume.»

«Te lo immagini? Il miglior tiratore non ci riuscirebbe.»

«Ma lui aveva chiesto la protezione di Diana» mi risponde, col suo sorriso ermetico. Da quella notte, si concede di scherzare più spesso con me. «Quindi gli andò bene: mentre lui sfidava a nuoto le acque del fiume, sua figlia era in salvo sull'argine opposto.»

«Forse è tutto vero, Ilioneo, forse non dovremmo dissacrare così tanto questi miti. C'è un fondo di verità in ognuno.»

Freniamo i passi e restiamo in silenzio: una cerva con i suoi due piccoli si sente sorpresa all'improvviso e per una frazione di secondo non sa se scappare, rischiando però di perdere i cerbiatti, non ancora avvezzi al pericolo, o restare immobile. Fugge e gli altri dietro.

«Può darsi che questi miti raccontino il vero, del resto lo hai toccato con mano anche tu.»

«Poi cosa è accaduto a Camilla?»

«Nessuna città ospitò Metabo, così Camilla fu allevata nei boschi con un'educazione primordiale, bevendo latte di cavalla selvaggia, suoi giochi furono le armi con cui sempre si distinse, già a dieci anni abbatteva cinghiali, gru e bianchi cigni con la sua fionda micidiale. Forse la temi? Per questo vuoi conoscere la sua storia...» mi provoca sorridendomi.

Ma già conosce la mia risposta: «No, Ilioneo, non la temo. Fin da piccola ho imparato che l'unico modo per sopravvivere era difendermi. Da bimba giocavo anch'io alle armi, ma coi miei fratelli che non mi perdonavano una distrazione, e spesso la gente mi scambiava per un maschiaccio. Pigmalione, mio fratello maggiore, mi derideva e mi umiliava appena gli si presentava l'occasione. In casa era intoccabile, lo trattavano come una divinità in quanto maschio primogenito. A dodici anni sono stata condotta in casa del ricco Sicheo, dove non ero ben accetta. Avvertivo aria ostile in ogni stanza in cui mi spostavo. Solo mio marito mi aveva gradita, ma non aveva un carattere abbastanza forte per schierarsi apertamente dalla mia parte. Ogni volta che restavo sola, impugnavo una spada invisibile e mi allenavo a usarla, perché intuivo che prima o poi quell'esercizio mi sarebbe tornato utile. Non avrei mai creduto che mi sarebbe servita proprio contro il detestato Pigmalione...».

«L'hai usata anche contro di lui?»

«Contro il manipolo di uomini che ha ucciso Sicheo. Avrebbero ammazzato anche me, quella notte, se non fossi stata pronta a respingerli. Nonostante fosse la parte offesa, la famiglia di Sicheo parteggiava per Pigmalione.»

«Pigmalione ha ucciso tuo marito per usurpargli il trono?»

«Sì.»

«Tu non eri al sicuro, quindi?»

«No, la notte successiva all'omicidio mi hanno mandato due sicari e li ho trafitti con la spada. Dormivo due ore a notte e quelle due ore stava di guardia Anna, è stata lei a svegliarmi e ha rischiato grosso. Poi abbiamo deciso di scappare.»

«Hai mai pensato di tornare in terra fenicia per vendicarti?»

Un ramo di acero mi frusta l'elmo all'improvviso, ma non mi procura nessun fastidio. L'elmo l'ha fatto Vulcano in persona, resiste a colpi ben più potenti.

«No, la vera vendetta è non inseguirla più, la vendetta. Lascio Pigmalione a marcire con la sua sporca avidità, circondato da quella marmaglia che chiama famiglia. Io aspiro ad altro.»

«Brava, Didone. Spero di avere un piccolo posto in ciò cui aspiri.»

«Può essere» rispondo, mentre ci scambiamo un sorriso. «Mi sono sudata col sangue e con la veglia ogni pezzettino di libertà conquistata. Capisci perché non temo Camilla?»

Giunone

Nitriscono i cavalli alle redini tirate dopo tanto impervio galoppare, quando ormai le truppe sono in prossimità delle mura latine. Brulica la pianura di guerrieri nemici, Messapo, Cora e Camilla in testa ai Volsci. Quando divampa lo scontro, nel cielo scoppia una pioggia di dardi e lance, a disegnare una tetra rete nell'aria. Il clamore degli scudi che cozzano col bronzo accompagna le grida, c'è chi viene sbalzato da cavallo e chi non riesce nemmeno a capire da che direzione sia giunta la freccia mortale, togliere la vita altrui è la prima urgenza in guerra, si finge che dietro l'armatura ci sia un pericoloso fantoccio senza muscoli e senza famiglia.

Prima fuggitivi poi inseguitori, i Troiani sono in vantaggio. Didone-Enea ha chiesto a Ilioneo di proteggere Ascanio e seguirlo come un'ombra. Sta facendo strage con le sue armi divine.

Turno ha ricevuto Camilla, onorandola con moine e parole sincere: è l'unica donna che stima quanto un uomo ed è rassicurato dalla sua presenza. La considera una creatura straordinaria, forse un po' incosciente con quel seno esposto, vorrebbe dirle di coprirsi e non certo per pudore, ma per difesa. Gli piace guardarla, attorniata dalle sue compagne simili ad amazzoni, Larina, Tulla, Italidi e Tarpea dalla scure di bronzo. Stanno insieme da quando sono ragazze, sono cresciute addestrate come duri soldati, nutrite dalla natura, ammirate da chi le vedeva passare.

Proprio per la sua perizia, le affida un settore opposto al suo: così potranno controllare la situazione globale.

Per due volte i Troiani con gli alleati Etruschi respingono i Rutuli fin sotto alle mura, per due volte quelli riprendono terreno, poi si passa al combattimento uomo a uomo e lo scontro si fa ancor più cruento. Remulo rotola a terra, Iolla e il grande Erminio periscono per mano di Catillo.

Camilla ne uccide innumerevoli col suo arco infallibile. Estrae la freccia dalla faretra dorata, tende al massimo la corda con le braccia tornite e, quando il dardo risuona tremando nell'aria, qualcuno si affloscia colpito. Oppure impugna l'ascia e ne abbatte altri come fa la falce quando si miete il grano. Salta da una balza a una radura agile come una gazzella, spietata come una pantera, attorniata dalle sue letali ragazze, nessun colpo fallisce. Ma non si è accorta di Arrunte, un giovane senz'infamia e senza lode che vuole, come tanti, conquistarsi celebrità senza sudore. La segue da lontano, anche lui a cavallo, ne studia i movimenti, s'insinua dietro ai guerrieri e intanto finge di prender parte alla battaglia: in realtà ha come obiettivo Camilla.

Nel mentre, lei vede lo smagliante abbigliamento di Cloreo, un tempo sacerdote di Cibele, pieno di ardore nel suo schiumante cavallo: Camilla si invaghisce della pelle che lo copre, composta da squame di bronzo con fibbie d'oro. Lo vuole abbattere per impadronirsene, desidera la sua veste di porpora rossa e mussola intarsiata d'oro, il suo arco licio, la clamide color croco. Lo punta, si pregusta già vestita con gli oggetti razziati, sa che per lei sarà un gioco da ragazzi farlo fuori. Ma non immagina – non può immaginarlo, conosce solo il duello leale – che qualcuno, in maniera infida, ha preso la mira su di lei.

È Arrunte, che ha appena invocato la protezione di Apollo, affinché il colpo vada a buon fine. Tra le amazzoni, soltanto Tarpea si accorge di lui, lo intravede in un secondo mortifero, ma è troppo tardi: la freccia già sibila nell'aria e si conficca sotto il nudo seno di Camilla, da cui subito scende copioso il sangue. La battaglia si ferma, tutti osservano la soldatessa, i Volsci in angoscia per la loro comandante. Lei quasi cadrebbe dal cavallo senza forze, se le compagne non la sostenessero.

Soltanto in quel momento Arrunte capisce il sacrilegio che ha commesso: così si ritira come un topo spaurito. Ma è troppo tardi per scomparire.

Camilla impallidisce, Tarpea la invoca, la vorrebbe aiutare a estrarre la freccia dal costato, ma quella è incastrata a fondo e il sangue inonda la terra su cui la fanciulla giace. La grande guerriera chiude gli occhi per sempre, Tarpea divampa di rabbia e insegue Arrunte che vorrebbe farsi piccolo piccolo. Esce dalla mischia,

Tarpea lo raggiunge in pochi salti con l'angoscia che le ottunde il petto, percepisce la sua paura più profonda, vede che gli tremano le ginocchia e l'asta nella mano. La fanciulla infila il manico della scure in cintura, poi estrae una freccia dalla faretra: vuole ucciderlo con la stessa arma con cui lui ha tolto la vita alla sua regina. L'ignavo cade al suolo, s'imbratta di polvere: lì lo lasceranno i suoi compagni, dimenticandosi di lui.

Vista dall'alto, la battaglia è solo un brulicare affannato di corpi che si tagliano, si feriscono e si afflosciano a terra. Quando un esercito si ritira, dilaga lo spaesamento e la sensazione che la guerra non abbia più senso. Così accade ora che i Volsci si sparpagliano, i Rutuli fuggono sconvolti, nessuno dà più ordini ai manipoli, la compagine latina si sconquassa e i Frigi ne approfittano per assalirli come non mai, sollevando nuvoloni di torbida caligine.

La ritirata frettolosa dimostra quanto ingloriose possano essere le sorti umane. I branchi sparpagliati dei Latini si accalcano alle porte che immediatamente vengono chiuse: l'autoconservazione è la prima legge e non conta che, dentro le mura, madri straziate si battano il petto chiedendo di salvare i propri soldati. Alcune, vedendo i propri figli già abbracciati dalla morte, gettano dardi dall'alto e grossi pezzi di dura quercia e tizzoni ardenti. Disfatte le schiere dei Volsci e dei Rutuli, i Troiani premono come pazzi: la vittoria è vicinissima.

Amata lo sente e trovandosi intrappolata, rinnega con l'ultimo atto la scelta del marito. Sola in una stanza del palazzo, si straccia il manto purpureo e, legandolo a una trave, lo fa diventare cappio. Così Lavinia trova la madre di cui era succube: appesa e senza vita. Strilla, si graffia le guance e strappa i fluenti capelli, le altre donne accorrono assieme, ma è ormai troppo tardi.

Amata ha finito di infuriare.

Didone

Per la battaglia finale abbiamo dovuto aspettare il nuovo giorno. Ce la giocheremo io e Turno, in un duello che sarà decisivo. Ieri sera ero inquieta, ho ricusato la carne di un setoso maialino e quella di una bidente maestosa che mi hanno offerto, preferendo mangiare una galletta di orzo e frutti di bosco. I sacrifici sono stati compiuti. Non ho dormito molto, ma nel cuore della notte, quando tutti erano avvolti dalle braccia di Morfeo, Ilioneo ha raggiunto il mio giaciglio. Ero sveglia, lui lo sapeva.

«Cosa fai qui? Se ti vede qualcuno...»

«Non mi ha visto nessuno» ha risposto, si è acquattato accanto a me, da dietro, e mi ha stretta tra le sue braccia possenti. Ha cominciato a soffiarmi sul collo dei baci umidi con le sue labbra al miele.

«Non possiamo, Ilioneo. Se ci scoprono...»

«Shhh.»

È successo tutto nel silenzio più assoluto, passando solo di bocca in bocca, facendo attenzione a ogni transito fuori, lasciando che ogni passaggio sulla pelle si amplificasse, siamo impazziti lentamente, fino a che la fusione dei nostri corpi è implosa nei sussulti stretti tra gli abbracci.

Siamo rimasti così fino a quando, per prudenza, lui è sgattaiolato fuori, molto prima che i rumori di Aurora ci svegliassero: ciò mi ha infuso tale serenità che le ore rimanenti ho dormito tanto profondamente quanto una notte intera.

Ho indossato la corazza facendomi aiutare da Ascanio. Tutti sapevano cosa sarebbe accaduto quella mattina e al ragazzo era chiaro che forse non mi avrebbe mai più rivista. Mentre mi passava l'elmo, ho intercettato la tristezza solidificata dentro ai suoi occhi e ho pensato che si meritasse la verità. E ora eccomi qui, sul limitare delle confessioni: devo consegnargliela, questa scomoda verità? Ha perso la madre naturale, poi ha creduto di averne trovata un'altra a Cartagine da cui si è dovuto separare... ora gli devo confessare che nemmeno suo padre c'è più?

Lui si trattiene dall'importunarmi con domande in questo momento così concitato, fuori il clangore fa capire che la mia orda già mi sta aspettando.

«Padre...»

«Dimmi, Ascanio.»

«Sono in pena per quel che potrebbe accadere. Ma sento che ce la faremo.»

Da quando siamo partiti da Cartagine, ho evitato qualsiasi forma di effusione, proprio per mantenermi fedele all'immagine che lui aveva di Enea: un genitore troppo preso dal proprio ruolo per lasciarsi andare a manifestazioni d'affetto. Ora però vorrei rincuorarlo, abbracciarlo forte, gridargli che gli voglio bene. Cerco invece di modulare una voce priva di pathos, mentre sotto l'elmo gli occhi si fanno lucidi: «Se te lo senti, allora vorrà dire che andrà così».

Qualcuno ci chiama ad assistere a un prodigio: in un cielo ancora aurorale un'aquila decisa insegue un grande stormo di uccelli fluviali, quelli scappano via e, quando la predatrice scende verso riva, loro si disperdono, ma l'aquila non ha braccato invano: e infatti risale in cielo trionfante, ghermendo tra gli artigli un candido cigno, meraviglioso a vedersi, con le ali spiegate e il collo lunghissimo, come se planasse da solo, inconsapevole di essere appena divenuto vittima incauta. Il significato sembra propizio a molti.

Esco dalla tenda e fuori trovo gli uomini che già fremono. Ci slanciamo a cavallo lungo i sentieri tracciati nei giorni precedenti, evitiamo i cespugli, saltiamo i tanti dislivelli, gli animali ricordano gli ostacoli.

Qualcuno ha allontanato Turno dal suo dovere o forse lui crede che il ritardo sia un segno di distinzione e si sbaglia di grosso: il ritardo è il sigillo distratto degli sbruffoni che non si curano del tempo degli altri. Ma intanto io ho avuto una pausa per regolarizzare il battito del cuore. Intravedo Latino, con gli occhi rossi di pianto – mi è giunta notizia del suicidio di sua moglie Amata, che mi odiava –, fulgente su una massiccia quadriga che subito lo porta via, appena si scatena la battaglia e il cielo si copre di una tempesta di dardi, da ogni dove piove ferro e schizza sangue.

Noi alleati siamo in vantaggio e già vedo chi attacca

le solide porte con gli arieti. Turno sopraggiunge portato da una bianca biga che procede su un terreno rialzato e io mi rendo conto di quanto siamo diversi. Tanto lui incute timore con la sua stazza da gigante, quanto io, col mio fisico asciutto, benevolenza. Impugna una lancia con entrambe le mani e calpesta i nemici con le ruote, sorride mentre quelli si sgolano stritolati. Scaglia attorno a sé le sue aste, che manovra con destrezza: vedo morire molti miei compagni – tra gli altri, Stenelo e Tamiro e Glauco. Il capo dei Rutuli si ferma sul crinale e affida il carro a uno scudiero, poi si volge verso di me, come se mi dicesse: «A noi due, ora, maledetto straniero».

Ilioneo mi si accosta, ma io compio un gesto con la mano, come se volessi tagliare l'aria, che significa: «Non preoccuparti. Me la voglio vedere da sola» e intanto non perdo una mossa del mio avversario, che si sta ingraziando gli dèi. Quando si sente abbastanza sicuro, mi indirizza un sorriso beffardo, poi punta un enorme masso alla sua sinistra. Io e Ilioneo, assieme, non riusciremmo a sollevarlo, ma lui lo innalza pur emettendo qualche grugnito e lo scaglia nella mia direzione. Mi scanserei, se rischiasse di arrivare pericolosamente vicino, ma non occorre: il tiro si perde in un vuoto rotolare, molto prima della meta.

Ci scaraventiamo frecce, aste, schiviamo abilmente i colpi da lontano, forse anche perché estenuati dalle fatiche dei giorni precedenti. Ricopriamo una parte che siamo obbligati a recitare. Sediamoci e parliamone, Turno. C'è un'altra via per patteggiare il futuro. Possiamo confrontarci, discutere, accordarci. C'è qualcosa che si erge al di sopra dei nostri stupidi litigi umani e si definisce necessità, quella che i Greci chiamano Ananke, la dea dell'inalterabile fluttuare delle cose stabilite e del Fato.

Ma è troppo tardi per negoziare, Turno vuole solo seminare distruzione. Impugna un'altra asta e, prima che la diriga contro di me, lo batto in velocità: la scaravento contro di lui con tutto il peso del mio corpo e la vedo vibrare. Sibila nell'aria e squarcia prima l'ultimo cerchio del suo settemplice scudo, poi la parte inferiore della corazza, fino a trapassare la coscia.

Turno mi guarda stupito, lui dalle spalle così larghe e i muscoli così solidi, mai avrebbe pensato di essere messo in ginocchio da un forestiero considerato effemminato.

Le gambe cedono, si piega a terra, i suoi vociano sbigottiti e le grida riecheggiano per i boschi profondi. Intanto io mi avvicino e sguaino la spada.

Nel momento della morte ognuno rivela la sua più autentica essenza e anche Turno, in fondo, diviene soltanto un uomo che sta per entrare in una dimensione sconosciuta. Leggo paura nei suoi occhi, che rifulgono ancora di superbia, sotto l'elmo: «Abbia pietà del vecchio Dauno e concedigli le mie spoglie, pensa a tuo padre Anchise. Hai vinto, Lavinia mescolerà il suo sangue a quello dei Teucri, non infierire oltre».

Mi sta quasi per convincere quando, sulla sua spalla, noto gli oggetti appartenuti a Pallante, le spoglie che Turno gli ha rubato dopo averlo brutalmente ucciso, il balteo e le cinghie borchiate ora esibiti come trofeo. L'indignazione per quel povero ragazzo ammazzato – avrebbe potuto essere il mio Ascanio – mi smuove una ferocia incontrollabile e, mentre profano la corazza affondandogli la spada nel petto, grido: «Proprio tu mi chiedi pietà? Con questa spada vendico Pallante, che hai ammazzato in maniera ignobile.»

Gli strappo ciò che ha sottratto ingiustamente a un ragazzino inesperto, senza aspettare che esali l'ultimo respiro. Affinché morente, capisca ciò che gli viene tolto. Eppure, nemmeno in un momento tanto critico, Turno sembra disfarsi della sua collera: così chiude gli occhi, sdegnato.

Io resto immobile, col petto che si alza a ogni respiro, mentre l'emozione digrada lentamente.

Tutto attorno si placa.

I Latini parlano con gli Etruschi, i Rutuli porgono la mano ai Troiani, io concedo che il corpo del mio nemico acerrimo venga condotto via per essere restituito al padre.

Prima di avviarmi per le lunghe trattative, lancio uno sguardo ad Ascanio: sul suo volto la nera preoccupazione ha ceduto il posto al sollievo. Poi, senza che nessuno se ne avveda, volgo gli occhi a Ilioneo, non so cosa incontro esattamente dentro a quel cielo notturno. Ma è qualcosa che attendevo da tempo.

Giunone

Alla fine non mi sono mai rivelata a Didone. Ho preferito che lei mi avvertisse attraverso un prodigio nel cielo, un pavone con la coda spiegata, un soffio di vento improvviso. Non c'è stato bisogno di farmi amare copiando i sordidi trucchetti di Venere. Didone sa che le sono stata sempre vicina. Che ho gioito per le sue vittorie. Che ha fatto bene, non appena è stata fondata la città di Lavinium, ad affrettarsi a erigere il mio tempio, con le stesse favisse che si trovano nella cartaginese Byrsa. Qui vengono custoditi gli dèi più ancestrali del culto laziale, oltre ai Penati che hanno viaggiato fin da Troia.

Il matrimonio tra Ascanio e Lavinia sta funzionando, pur tra alti e bassi, perché in lei è rimasta una parte di Amata e non ha mai dimenticato la veemenza di Turno. Quando tra loro s'insinuano le incomprensioni, lei si ritira per lunghi periodi tra i boschi, dove ama crescere il loro figlio Silvio, mentre Ascanio si rifugia da una bellissima fanciulla dei ruscelli coperta solo di foglie e rami intrecciati sui seni e bacche color dei rubini, dicono che sia una ninfa. Il resto della storia la scriveranno in molti libri e lo narreranno in tante lingue: dopo tredici generazioni, verranno dati alla luce Romolo e Remo, figli di un padre rinomato, il dio Marte, giaciuto con la loro madre Rea Silvia, che cela nel nome la sua natura selvaggia.

A circa quarantatré anni, Ascanio fonderà Alba Longa: allora sarà già consuetudine nominare la popolazione, unita a seguito di questa guerra, col nome di Latini.

Della storia di Enea verrà conservata la parte che fa comodo alla memoria celebrativa e nessuno sospetterà che, in un momento fatidico scosso dal sole africano, Didone si è sostituita a lui, con la complicità della regina degli dèi. Sono orgogliosa di questo nostro cammino, perché è stata la dimostrazione di quante grandi imprese possa compiere una donna. Il mio aiuto è servito: tanto può l'alleanza tra due sorelle, non necessariamente di sangue.

La leggenda racconterà altro. Che, quattro anni dopo l'insediamento nel Lazio, Enea, durante una guerra nei pressi del fiume Numico, venne trascinato via per sempre da una tempesta, mentre l'aria si era fatta insostenibile per via di turbini, fiamme, correnti sferzanti. Qualcuno giurò di averlo visto ascendere al cielo e quasi tutti ci crederanno. Della verità saremo depositari soltanto noi divinità, assieme alle creature silvane.

Il finale di Didone e Ilioneo sarà tutelato dal segreto che entrambi serberanno. Lui, dopo aver combattuto al suo fianco con amore e devozione, lei dopo aver capito che la più grande libertà è tenersi stretto il privilegio di poter scegliere. Compiuta con pazienza la missione affidatole dal Fato, Didone escogiterà una fuga con Ilioneo, aspettando come segnale quel memorabile temporale, manifestazione tanto avvincente per quelle genti, foriera di prodigi.

Così le fonti narreranno che Enea è scomparso nel nulla.

Di Ilioneo nessuno riferirà niente.

Ma io li ho visti dileguarsi nella foresta in una corsa irruente e, quando hanno capito di essersi allontanati abbastanza, proseguire il cammino mano nella mano.

Note finali

Se ne *L'Odissea raccontata da Penelope, Circe, Calipso e le altre* ho utilizzato questo spazio per spiegare con quanta fedeltà avessi cercato di seguire la traccia omerica, stavolta scriverò con l'intento opposto, ovvero chiarire alcuni dei diversi punti in cui, per necessità narrative, mi sono discostata da Virgilio, che pure ho seguito con attenzione, sia per quanto riguarda la struttura sia per i passaggi consentiti.

Questo libro nasce da una domanda che forse in molti – e soprattutto in molte – di noi si sono rivolti/e: come è possibile che una donna forte, determinata e autonoma come Didone, regina di popoli, in fuga da un fratello assassino e avido, abbia deciso di uccidersi per un uomo che – si sapeva fin dall'inizio – era solo di passaggio? Siamo quasi tutti/e rimasti delusi per il modo in cui una regina dal carattere così risoluto abbia posto fine alla sua vita e abbia abbandonato il progetto per cui si era impegnata verso il suo popolo. Certo, Didone nell'*Eneide* è figura funzionale a una storia, imperniata su un uomo, che ha come scopo principale celebrare il più importante impero dell'antichità, secondo la veduta romanocentrica: Cartagine funge da area di sosta all'interno di un viaggio impegnativo e la sua regina – che dunque è soltanto una pedina di una scacchiera che per *utilitas* la contempla – potrebbe addirittura diventare un ostacolo per l'eroe, se non venisse in qualche modo eliminata. Ma Enea non potrebbe macchiarsi di un femminicidio efferato, quindi quale migliore escamotage letterario per estromettere una personalità scomoda, se non il suicidio? Un suicidio attestato dalla leggenda africana (sebbene con risvolti differenti), un atto che, a mio modesto parere, stona col personaggio, ma si inserisce perfettamente nella visione che il Poeta aveva della donna: «*varium et mutabile semper femina*» (sempre la donna è una cosa volubile e incostante, scrive al libro IV, vv. 569-570).

Ho quindi immaginato che alcuni eventi fossero andati diversamente e ciò mi ha costretta a una serie di «adattamenti». Pur seguendo, quando ho potuto, i versi virgiliani, sono dovuta intervenire in alcuni punti: ho invertito gli odi delle dee – Venere cambierà idea su Didone, almeno a partire da un certo punto, e Giunone la protegge fino all'insediamento in Lazio, mentre, in Virgilio, Giunone resta acerrima nemica dei Troiani e cerca in ogni modo di impedire il compiersi della profezia che li vuole installati in terra ausonica.

Ogni volta che ho potuto attenermi alla versione virgiliana, come dicevo, l'ho fatto, anche quando questo comportava che mantenessi alcuni anacronismi (alla prima descrizione del palazzo di Latino, per esempio, si parla di «curia», ma Dionigi di Alicarnasso nelle sue *Antichità romane* sostiene che fu Romolo a fondare le prime curie). La scansione delle tappe rimane inalterata. Alcuni passaggi li ho tradotti direttamente dal canto riesumando la mia abilitazione all'insegnamento del latino, altri li ho sintetizzati (per esempio i versi dalla lunghezza estenuante di alcune battaglie) o tagliati (diversi interventi divini). Ho lasciato tali e quali abbigliamento, armi, pasti, tempi, flora, fauna, aspetti meteorologici e via dicendo; ho inoltre cercato di non alterare – per quanto possibile – i dialoghi. Ho comunque aggiunto qualche scambio e qualche scena per costruire una trama romanzesca funzionale alla mia idea di partenza, quindi se scoverete qualche piccola invenzione (sempre ricostruita tenendo conto dell'attinenza storica, mitologica eccetera) perdonatemi, del resto anche Virgilio ha commesso un'enorme forzatura, inventando la love story tra Enea e Didone: dal punto di vista cronologico, il loro incontro è incompatibile, poiché, secondo alcuni studiosi, la regina fenicia è vissuta nel IX secolo a.C., mentre Enea risale ai tempi della guerra di Troia, collocabile tra il XIII e il XII secolo a.C.

Chiedo inoltre un po' di elasticità in merito alle definizioni geografiche. Per gli antichi romani il nome *Libyē* includeva tutte le terre a ovest del Nilo, il che comprendeva in un calderone circa tutto ciò che corrisponde oggi all'odierno Maghreb. Noi sappiamo che Cartagine fu costruita presso il lato orientale di quell'allora meravigliosa laguna naturale detta Lago di Tunisi (quindi era in prossimità della capitale della Tunisia) e oggi dire che Cartagine è «libica» sarebbe errato, ma io ho conservato l'aggettivo per omaggio filologico a Virgilio.

Per quanto riguarda la presenza degli dèi, occorre ricordare che per gli antichi pervadevano la realtà terrena e ultraterrena: con essi erano in costante dialogo attraverso sogni, preghiere, offerte e sacrifici. Per dare ancor più tridimensionalità a Didone, ho approfondito il suo rapporto con l'incommensurabile. Ho pensato di caratterizzarla con uno scetticismo di base. Lei crede negli dèi, ma dubita che essi partecipino delle esistenze degli uomini, almeno all'inizio del romanzo.

I lettori più zelanti troveranno una discrepanza tra onomastica greca e latina: ho utilizzato entrambe dopo attento vaglio e sono ricorsa agli dèi greci tutte le volte che cercare un corrispettivo latino avrebbe distorto la natura del dio originario. Mi rincuora che anche Virgilio abbia mescolato entrambe le forme, così come ha contaminato usanze troiane e latine, basti pensare all'introduzione dei Penati o della lorica nei costumi orientali.

Ho eliminato alcuni prodigi, quindi se già pensate di trovarne molti, sappiate che erano assai più numerosi. A proposito di tutte queste corrispondenze e deviazioni, ringrazio di cuore la professoressa Francesca Gallucci per la sua supervisione finale.

I cambiamenti che mi sono permessa di proporvi non sono solo frutto della mia fantasia. Ilioneo è nominato spesso, nell'*Eneide*, e ha un ruolo di pregio, anche se nell'originale non accompagna Enea alla ricerca di nuovi alleati.

Silvio era il figlio di Enea e Lavinia, secondo Aulo Gellio e Dionigi di Alicarnasso; mentre secondo Tito

Livio era figlio dello stesso Ascanio e non suo fratellastro: io ho accettato dunque la leggenda liviana, meno conosciuta.

Del resto il mito è ambivalente. Da un lato ci racconta sfaccettature di una verità storica e sociale – ma occorre decriptarla con cautela e attenzione – dall'altro rivela la sua tendenza bislacca ad aggiustare le cose. In un primo momento i gemelli Romolo e Remo erano stati indicati come figli o nipoti di Enea e solo successivamente i Romani si sono resi conto che i tempi non avrebbero coinciso (la guerra di Troia, ai cui tempi visse Enea, è ambientata circa cinque secoli prima della presunta nascita dei due gemelli).

In realtà la leggenda di Enea è così antica nel territorio italico che già circolava in Etruria prima del VI secolo a.C. e in Grecia prima del V a.C. Ma il dato importante riguarda le leggende secondo le quali il nome di Roma significherebbe «forza» e deriverebbe da quello di una donna troiana: io ho immaginato che quella eroina non fosse troiana, ma fenicia.

Non credo di aver comunque arrecato alcun danno all'intenzione di partenza: se l'*Eneide* nasce come glorificazione dell'Impero romano e della stirpe augustea – riconoscendo in Enea il proprio capostipite, in quanto discendente di Venere – la piccola modifica da me introdotta nell'albero genealogico non corrompe questa finalità, perché Ascanio resta il progenitore di Romolo.

Per quanto riguarda l'epilogo, mi sono discostata dalla versione mistica e misteriosa narrata da Aurelio nel suo *Origo gentis Romanae*: secondo lui, dopo soli quattro anni di regno, Enea fu inghiottito nel nulla. Avvenne durante una turbolenta battaglia contro i Rutuli: il cielo a un certo punto fu squarciato da tuoni e folgori che addirittura abbacinarono gli occhi. L'eroe troiano dunque sparì: si pensò che fosse caduto nel vicino fiume Numico e da lì fosse asceso sull'Olimpo, a raggiungere la celeste madre e gli altri dèi.

Il mio finale sembra più romantico, ma in realtà è più realistico e all'insegna dell'autoaffermazione. Didone, già guerriera, regina, viaggiatrice, colei che sfidò sovrani e popoli, cerca un po' di pace. Ha compiuto il proprio dovere di madre (adottiva) e ora, lei che ha sempre vissuto in funzione degli altri (prima del proprio popolo, poi di un ragazzino eletto amorevolmente a figlio), si ritaglia la sua legittima porzione di felicità assieme a Ilioneo, lontano da tutti.

Chi potrebbe biasimare questo nuovo inizio?

Indice

Finito di stampare nel mese di gennaio 2022
per conto di RCS MediaGroup S.p.A.
da Grafica Veneta S.p.A., Via Malcanton 2, Trebaseleghe (PD)
Printed in Italy